CLAUDIA MANICOLO

AF176315

A mio aviso

Impressionen einer Tedesca in
Venedig

Bibliografische Information der Deutschen Bibliothek:
Die Deutsche Bibliothek verzeichnet diese Publikation in der
Deutschen Nationalbibliografie; detaillierte bibliografische
Daten sind im Internet unter *http://dnb.ddb.de* abrufbar.

Impressum
© 2018 Claudia Manicolo
Satz, Layout und Umschlaggestaltung: Achim Czogallik
Umschlagabbildung & Illustrationen: Claudia Manicolo
Herstellung und Verlag: BoD - Books on Demand, Norderstedt
ISBN 978-3-7528-6572-1

Inhalt

Vorwort

»A mio aviso« ist Italienisch und bedeutet »meiner Ansicht nach«.

Zahlreiche Streifzüge durch die Stadt Venedig haben mir eine Fülle von »Ansichten« und »Einsichten« beschert, die naturgemäß alle subjektiv sind, von denen ich aber hoffe, dass sie dazu dienen, diese wunderbare und einzigartige Stadt auf unterhaltsame Weise und abseits der bekannten Pfade kennenlernen zu wollen.

Die Zeichnungen, die ich beigefügt habe, sind, sofern es sich nicht um Heilige oder Geistererscheinungen handelt, nach realen Beobachtungen entstanden.

Mein venezianisches Abenteuer begann mit dem Tag, an dem ich Umberto Baumeister kennenlernte. Ich war damals, nach langen erfüllenden Berufsjahren, »verrentet«. Eine Bezeichnung aus dem Wortschatz deutscher Bürokratenkultur, die eher nach »verhaftet« als nach »befreit« klingt. Zwei Ehen waren begonnen, durchlebt und erfolgreich abgeschlossen, ebenso die Renovierung eines alten hübschen Häuschens mit Garten. Zwanzig Jahre hatte ich einen Großteil meiner freien Zeit in die Renovierung gesteckt, hatte geschliffen und poliert, tapeziert und gestrichen, Boden und Wände herausgerissen und neu aufgebaut und aus einem Unkraut überwucherten Grundstück einen Garten nach englischem Vorbild angelegt. Ich stellte mir eine Zukunft vor, in der ich die Früchte dieser Arbeit genießen und allenfalls so viel an Zeit und Arbeit hineinstecken wollte, um den Zustand zu erhalten. Darüber hinaus wollte ich reisen und mehr Zeit mit meinen Töchtern und Enkeln verbringen, die teils in Italien, teils in Süddeutschland lebten.

Da Genießen und Reisen zwei Dinge sind, die zu zweit erheblich mehr Spaß machen, hatte ich mich in einer Internetpartnerbörse angemeldet, wohl einfach, um »mal zu schauen«, ob ich in meinem Alter und mit meinem Eigensinn überhaupt noch einen Partner dafür finden könnte. Nach einigen netten, aber auch skurrilen Begegnungen lernte ich bei Tee und Apfelkuchen Herrn Baumeister kennen. Schnell stellten wir fest, dass unser Blick in die gleiche Richtung ging, wie ich meinte. Mit der Gabe der kolossalen Übertreibung ausgestattet, entwarf mir Herr Baumeister eine mögliche gemeinsame Zukunft, in der viel von Muße und Genuss und »nebenher« von einigen kleineren »Gestaltungsmaßnahmen« für unser gemeinsames Leben in Deutschland und Venedig die Rede war.

Zu meiner Verteidigung sei gesagt, ich war geblendet und wusste es nicht besser. Bertl (wir nannten uns zu diesem Zeitpunkt bereits beim Vornamen) hatte ein paar Jahre zuvor mitten in Venedig, im Sestiere Castello, eine Wohnung gekauft. Diese Stadt, erläuterte er mit leuchtenden Augen, war sein Traum. Viel Zeit und Kraft hatte er bereits in den Ausbau dieser Wohnung investiert, und es gäbe immer noch »etwas« zu tun, das aber sei nun wirklich nur noch »dem Hobby geschuldet«. In Venedig sei er ein anderer Mensch, da fiele aller Ärger, alle Sorge, alle Anspannung von ihm ab… Ich müsse unbedingt kommen und schauen! Seit fünf Jahren schaue ich nun.

Müßig zu erwähnen, dass »dem Hobby geschuldet« sich als Euphemismus des Jahrhunderts herausstellte. Tatsache ist, dass jeder Aufenthalt von uns den vollen kreativen Einsatz an handwerklichem Geschick, gepaart mit nimmermüdem Optimismus abverlangt. Mit allen Waffen, die uns die Baumärkte zur Verfügung stellen, stemmen wir uns gegen den schleichenden Verfall, der nicht nur unsere Behausung, sondern offensichtlich die ganze Stadt im Klammergriff hat. Entsalzer, Tiefengrund (auch für feuchte Wände) Superhaftprimer und ein von Bertl ausgetüfteltes Verhältnis von verschiedenen Zementmischungen und Abtönfarbe werden dabei über gefühlt hundert Brücken und durch enge Gässchen an den Kriegsschauplatz geschleppt.

Die erste Amtshandlung besteht allerdings darin, den Müll zusammenzuklauben, den überforderte Touristen vor unserer

Haustür entsorgt haben in der irrigen Annahme, es handele sich um einen Abfallkorb. Danach werden die Wände inspiziert und zusammengekehrt, was diese in unserer Abwesenheit herausgespuckt haben. Ja, Wände können spucken, und sie machen sogar richtig Krach dabei, es muss sich nur genügend Salz im Mauerwerk gelöst haben!

Dann sinken wir erschöpft in unsere Sessel am Fenster. Eine Gondel zieht vorbei. Das grüne Wasser des kleinen Rios funkelt mit den roten Ziegeln des Palazzo Nicolaj um die Wette. Ach, denken wir, und die altbekannte Freude des Hierseins ergreift uns, ist doch alles gar nicht so schlimm. Und Bertl hat auch wieder eine Idee, wie er dieses Mal die besonders marode Wand zum Schlafzimmer restaurieren kann …

Am Morgen

Der Morgen im Castello beginnt mit dem Geschrei und Gezänk der Möwen. Im Halbschlaf nehme ich sie wahr, bevor mich das Geknatter, Gerumpel und Gedröhne der frühen Boote endgültig wecken. Den Rio Santa Marina fahren sie hinauf und hinunter und hinterlassen klatschende Wellenschläge an der Außenmauer unter unserem Schlafzimmerfenster.

Lautstark werden neueste Nachrichten unter den Bootsführern ausgetauscht, Pfiffe und langgezogene Rufe hallen von den Wänden der eng stehenden Häuser wider, die den Kanal säumen. »Oooiiieee! Ich bin der Erste!« könnte man sie grob übersetzen. Sie sichern die Vorfahrt und dienen als Warnung an die anderen beim Durchfahren unter den engen, niedrigen Brücken und beim Einbiegen aus Seitenkanälen. Die Boote sind vollbeladen. Gemüse, Wasser, Maschinenteile, Möbel, Postpakete. Jedwede Fracht gelangt zuallererst über das Wasser an ihren Bestimmungsort, bevor sie, auf Sackkarren verladen, mit reiner Muskelkraft an ihr endgültiges Ziel verbracht wird, begleitet von lauten Rufen »Attenzione! Attenzione!«, die dafür sorgen, dass bummelnde Fußgänger schleunigst beiseite springen.

Den ganzen Tag und bis in den späten Abend werde ich nun umgeben sein von den wuseligen Alltagsgeräuschen im Castello. Durch das gekippte, geöffnete Fenster im Bad lausche ich während meiner Morgentoilette den Stimmen der Vorbeieilenden. Es wird gescherzt, palavert, telefoniert, geschimpft und gesungen! Das Getrappel großer und kleiner Schuhe, das Scheppern der Rollkoffer und das Klackern der Carellos, der Einkaufswägelchen, die die Stufen an unserer Brücke hinauf und hinunter geschubst werden, bilden die Hintergrundmusik. Jetzt kommen auch die

Mamas, Papas und Omas vorbei, die ihre Kleinen in den Giardini d. Bambini am Miraculi-Kirchlein bringen. Ihre Ermahnungen, die hellen Stimmen der Kinder, ein gepfiffener, dann ein gesungener Schlager im schönsten Tenor, dargebracht von einem Mann, der zumindest an diesem Tag gute Laune hat … das alles mischt sich mit dem Plätschern meiner Dusche und dem Gurgeln meines Mundwassers zu meiner Morgenmusik.

Ein schöner Tag beginnt.

Ansichten

Venedig ist eine wunderbare, immer noch schöne und vor allem »menschliche« Stadt. Im 20. Jahrhundert hat man sich komplett von Öl- und Kohleöfen verabschiedet und auf Gas umgestellt, das rückstandslos verbrennt. Freundliche Windrichtungen sorgen dafür, dass auch die Emissionen der Industrie aus Mestre keine Beeinträchtigungen darstellen, zumindest keine wesentlichen. Dafür gibt es nun Kreuzfahrtschiffe die sich fleißig bemühen, mit ihren Dieselmotoren dieses »Manko« auszugleichen, doch davon später.

Tatsache ist, der Mensch per pedes hat in dieser Stadt absoluten Vorrang. Kein Auto lässt ihn am Straßenrand warten oder beleidigt mit Auspuffgasen seine Nase, noch trägt es zum Schaden seiner Lunge bei. Nicht einmal ein Fahrrad schneidet ihm den Weg ab. Und da es keine Ampeln gibt, entstehen auch keine Staus. Selbst in den gefürchteten Sommermonaten, wenn zur Ferienzeit Touristenschwärme in die Stadt einfallen und an manchen Stellen kein Quadratzentimeter Pflaster mehr frei zu sein scheint, gibt es immer Bewegung.

So, zu Fuß, kann der Mensch seinen Blick schweifen lassen, kann sich das Tempo geruhsam anpassen und das Auge sich an den Schönheiten der einstigen »Serenissima« erfreuen. An der unglaublichen Fülle von Malerei, Kunst und den prachtvollen Gebäuden, die Zeugnis ablegen vom Geist und Bürgersinn ihrer einstigen Bewohner. In seinem Buch »Venedig ist ein Fisch« bemerkt der Schriftsteller Tiziano Scarpa (ich zitiere frei): Dieser übervolle Kelch an Schönheit sei eigentlich kaum zu ertragen, deshalb habe man an höherer Stelle (gemeint ist wohl die Verwaltungsbehörde der Stadt) ein paar Scheußlichkeiten eingebaut, um dem überreizten Auge die Möglichkeit zu geben, sich auf ein Normalmaß einzupendeln.

In der Tat, das Gebäude der Sparkasse am Campo Manin

erfüllt diesbezüglich alle Erwartungen. Es wundert sich der Besucher, wie es möglich war, dafür eine Baugenehmigung zu erhalten. Wo doch allgemein bekannt ist, dass es in Venedig eine strenge, fast möchte man sagen, nahezu unbewegliche Bürokratie gibt, die über das historische Ansehen der Stadt wacht. Dass eine Stadtverwaltung beschließt, dem eigenmächtigen und unkontrollierten Treiben wildwuchernder Renovierungen Einhalt zu gebieten, ist nachvollziehbar. Man brauchte Stauraum? Dann wurde kurzerhand ein gotisches Fenster zugemauert. Man wollte vermieten? Dann wurde eine Zwischendecke eingezogen, byzantinische Simse und Kannelierungen abgeschlagen und genormte Rechteckfenster eingesetzt. Einen solchermaßen »kulturhistorischen« Schaden kann man unter anderem im Corte del Milion betrachten, wo klägliche Überreste von einer einstmals großartigen Bausubstanz zeugen.

So großzügig man Jahrzehntelang über solches Treiben hinweggesehen hat, so rigoros verfolgt man heute die entgegengesetzte Richtung. Für den normalen Hausbesitzer bedeutet dies, dass selbst für die Behebung kleinster Risse an der Fassade ein Antrag gestellt werden muss, was zahllose entnervte Eigentümer bereits zur Aufgabe ihrer mittlerweile maroden Immobilie gebracht hat. Es können Jahre vergehen, bis festgestellt werden kann, ob eine vom Verputz bereits weitgehend befreite Fassade renoviert werden darf. Muss doch erst einmal herausgefunden werden, welche Farbe »ursprünglich« dieses Haus geziert hat. Wobei »ursprünglich« schwer zu definieren ist. Handelt es sich um die zuallererst aufgetragene Farbe nach Baufertigstellung, sagen wir um 1345, oder um die zuletzt im Jahr 1950 übermalte? Feststellbar ist weder das eine noch das andere wirklich, denn mittlerweile findet sich auf den mageren Resten des noch vorhandenen Verputzes ein Konglomerat von Farbschattierungen. Rostiges Eisenrot, schlammiges Braun, moosiges Grün und verwaschenes Grau verbinden sich zu kleinen und größeren Brocken gelösten Verputzes, die nach und nach im Wasser der Kanäle versinken oder, weniger schön, auf dem Kopf eines Dahineilenden landen, der eine schmale Calle durchquert. Und während in der zuständigen Verwaltung die Aktenberge ruhen, setzen Salz, Wasser und Sonne weiterhin den meist schlecht gebrannten Ziegeln zu.

In ihrem Vorwort zu Toni Sepedas originellem Stadtführer »Mit Brunetti durch Venedig« weiß sich die Schöpferin des Kommissars, Donna Leon, in Übereinstimmung mit den geplagten Venezianern, wenn sie konstatiert, dass es kompliziert sei, in Venedig eine Wohnung zu besitzen. Sollte man den Wunsch haben, ich zitiere, »einen erwachsenen Mann weinen zu sehen«, brauche man ihn nur einmal darauf anzusprechen, wie er seine Wohnung renoviere.

John Berendt beschreibt in seinem Buch »Die Stadt der fallenden Engel« ein Gespräch mit einem befreundeten Ehepaar, welches Venedig zu seiner zweiten Heimat auserkoren hatte. Zusammenfassend heißt es da: Die Schwierigkeit, in einer Stadt leben zu wollen, deren historisches Vermächtnis man einerseits erhalten wissen will, deren aufgeblähte und stellenweise korrupte Bürokratie einen aber an diesem Unterfangen verzweifeln lässt, gipfelt in der Aussage, Zitat: »... wenn Sie Hauseigentümer sind, sind Sie verpflichtet, bestimmte Reparaturen an Ihrem Eigentum durchzuführen. Vorher muss aber eine Genehmigung eingeholt werden, die wiederum nur sehr schwer zu bekommen ist. Am Ende müssen Sie städtische Beamte bestechen, damit Sie diese Genehmigung erhalten für Reparaturen, für deren Nichtausführung oder ungenehmigte Ausführung Ihnen dieselben Beamten eine Geldbuße auferlegen ...« Dabei wird der Begriff »Bestechung« anschließend relativiert und als »legitimer Teil der Wirtschaft« bezeichnet.«

Diese Aussagen wurden in den 90er Jahren des 20. Jahrhunderts getätigt. Verändert hat sich bis heute nicht viel. Giorgio Orsoni, der das Bürgermeisteramt in Venedig bis 2014 innehatte, wurde wegen Korruption verhaftet, zusammen mit weiteren

35 Personen, darunter ein Senator und ein ehemaliger General der Finanzpolizei. 20 Millionen Euro sollen sie unterschlagen haben, Geld, das für den Bau des Mose-Projekts gedacht war. Die Gesamtkosten für dieses Schleusensystem, welches dafür sorgen soll, dass die Stadt in Zukunft vor Überschwemmungen geschützt wird, die ihre Fundamente nachhaltig schädigen, belaufen sich auf über fünf Milliarden Euro. Geld, das Begehrlichkeiten weckt und von dem man sich im Labyrinth der italienischen Bürokratie leicht bedienen kann. Hier wurde der Begriff »Schleusensystem« kreativ ausgelegt.

Das Loch im Stadtsäckel der Lagunenstadt ist mittlerweile so groß, dass der neue Bürgermeister Luigi Brugnaro damit liebäugelte, Kunstwerke zu verscherbeln, um die Schuldenlast von 60 Millionen Euro zu verringern. Die Gehälter von kleinen Kommunalbeamten und Lehrern wurden bereits gekürzt. Um ihren Zorn über derartige Unzumutbarkeiten publik zu machen, versammelten sie sich auf dem Lido zu einem Protestmarsch, zeitgleich mit den Stars und Sternchen, die über den roten Teppich liefen, um sich anlässlich der Filmfestspiele im Scheinwerferlicht zu sonnen. »Von 900 Euro kann man nicht leben!«, skandierten sie empört. Zu Recht, wie ich meine, schon gar nicht in Venedig.

Bürgermeister Brugnaro handelt sich inzwischen von allen Seiten Häme und Spott ein. Nicht nur der geplante Verkauf von Kunstwerken sorgt für Kritik, auch sein missionarisches Vorgehen gegen den »Genderquatsch«, wie er es formuliert. So hat er zwei Schulbücher auf den Index setzen lassen, die seiner Meinung nach die »Seelen unschuldiger Kinder« verderben. Es geht darin um Familien, in denen jeweils zwei Mamas beziehungsweise Papas ihre Kinder erziehen. Was ihm naturgemäß einen Kleinkrieg mit Elton John beschert hat, der in Venedig ein Haus unterhält. Der Fisch stinkt vom Kopf her, sagt man. Aus der Luft betrachtet hat Venedig die Form eines dicken Karpfens.

Als kleines Rädchen im Getriebe – geplagt durch aussalzendes Mauerwerk und im ständigen Kampf gegen Feuchtigkeit und

bröselnde Ziegel, die stellenweise die Konsistenz und das Aussehen von gut gelungenem Blätterteig aufweisen – betrachten wir
erstaunt, wie hurtig ein Palazzo nach dem anderen in ein Hotel
umgewandelt wird. Mittlerweile habe ich mir sagen lassen, man
könne sich nach eigenmächtiger Renovierung die Genehmigung
auch nachträglich ausstellen lassen. Das auferlegte Bußgeld un-
terschreite deutlich die Kosten, die entstünden, ließe man der
Verwahrlosung ihren Lauf. Ich habe mir inzwischen eine eigene
Erklärung zurechtgezimmert.

Als sich Ende des 15. Jahrhunderts die Verwaltungsaufgaben
der Prokuratoren immer umfangreicher gestalteten (sie waren
unter anderem für die komplette Bauaufsicht der Stadt verant-
wortlich), wurden zusätzlich zu den bestehenden Verwaltungs-
gebäuden am Markusplatz, den Prokurazien, neue Gebäude er-
richtet. Größer und prächtiger als die alten waren sie nun mit
Wohnungen für die Herren Prokuratoren ausgestattet. Die Herren, aus adligem Geschlecht, mit Macht, Einfluss und Vermögen
versehen, sollten nun aus ihren prächtigen Palazzi in deutlich
engere Wohnverhältnisse umziehen, was sie nur widerwillig taten. Die damit einhergehende Verdrießlichkeit hat sich wie ein
schwerer, feuchter Mantel über die Pulte, Tintenfässer und Perü-
cken gelegt. Und da liegt sie noch Generationen später. Womöglich hat sich sogar ein »Prokurazien-Gen« entwickelt, bestehend
aus der leisen Wut der Zurücksetzung und dem Wunsch nach
Vergeltung, dem dadurch Sorge getragen wird, dass man seine
wie immer geartete Macht dazu benutzt, allen anderen, die nicht
nur ihre Häuser behalten durften, sondern darüber hinaus auch
noch die Frechheit besitzen, diese renovieren zu wollen, dieses
Unterfangen so schwer wie möglich zu machen. Dieses Gen
haust in Aktenschränken und Amtsräumen wie ein missmutiger
Geist und nährt sich von der Verzweiflung und Ohnmacht der
seufzenden Opfer und deren Börse.

Zu Beginn der Sommerzeit gibt es allerdings zunehmend Ansichten, deren Enthüllung man selbst als »freier Geist« nur schwer

verdaut. Da läuft man nichtsahnend, in Gedanken schon daheim bei Espresso und einem Rullo Limone, an einer Osteria vorbei, deren große Fensterfront einen weiten Einblick in einen im doppelten Wortsinn geschmackvollen Raum freigibt. Geradezu einladend, um die müden Beine unter einen der kleinen Tischchen zu strecken und Körper und Geist zu erfrischen. Womit man nicht rechnet, ist, dass just an diesem Fenster, mit dem Rücken zur Straße, ein weiblicher Mensch sitzt, in zu engen Hüfthosen und zu kurzem Oberteil. Statt gebackener Reiskugeln wird dem Betrachter ein nackter Hintern präsentiert. Ungerührt schaufelt dieser weibliche Mensch Pasta in sich hinein. Die Welt da draußen geht ihm im wahrsten Sinn des Wortes »am Arsch vorbei«.

Manchem scheint es auch zu mühsam, nach einem Badetag am Lido die Kleidung zu wechseln. So gerät man in den Anblick halbnackter Menschen, die erschöpft durch die abendlichen Gassen schlurfen. Die Badelatschen haben sie anbehalten, wer will schon mit bloßen Füßen in einen Hundehaufen treten!

Was in Kirchen seit langem Usus ist, nämlich Eintritt nur zu gewähren, wenn der Besucher dem Ort gemäß gekleidet ist, hat nun auch die Stadtverwaltung aufgegriffen, allerdings in gemäßigter Form und eher als Bitte formuliert denn als Gebot. Noch wird niemand daran gehindert, halbnackt die Stadt zu betreten, nein, auf Plakaten wirbt ein knuddeliger Löwe dafür, der Besucher möge doch bitte gewisse Regeln des Miteinander und des allgemein respektierten Anstands walten lassen. Der Markus-Löwe – Sinnbild der Stadt Venedig und in der Comicversion eher an Clarence, den schielenden Löwen aus der Uraltserie »Daktari« erinnernd als an die grimmigen Darstellungen, denen man sonst auf Schritt und Tritt begegnet – wird dabei in den unterschiedlichsten Situationen als freundlich ermahnender Helfer dargestellt.

Er trägt den überforderten Touristen bei Aqua Alta auf seinen starken Armen durch die überschwemmten Gassen, zeigt ihm, wie er sich auf den dafür aufgebauten Stegen bewegen soll, damit er nicht hinuntergeschubst wird und sich nasse Füße holt, er weist auf Infostände hin und darauf, dass man schwangeren Frauen, alten Menschen über 70 und selbstverständlich allen, die mit einem Handicap zu kämpfen haben, die dafür vorgesehenen Plätze auf den Vaporetti überlässt. Ganz nebenbei lautet dann die Bitte, der Besucher möge nun seinerseits den nötigen Respekt walten lassen und die Stadt Venedig nicht mit einem Badestrand oder Campingplatz verwechseln. Überdies gäbe es auch in Venedig zahlreiche Möglichkeiten, seinen Müll in Abfallkörben zu entsorgen. Die Kanäle seien dafür nicht vorgesehen.

Vielleicht liegt es wirklich am lieben Löwen Markus, dass in letzter Zeit der Anblick halbnackter Menschen die unangenehme Ausnahme geworden ist. Vielleicht aber auch daran, dass ich in den Monaten Juli und August die Stadt meide, wie jeder es tun sollte, der noch seine fünf Sinne beisammen hat. Der achtlos weggeworfene oder verschämt abgelegte Müll, der sich den Bewohnern jeden Morgen bietet, bevor die Straßenreinigung ihre Arbeit aufnehmen kann, türmt sich nach wie vor in den Gassen und auf den Plätzen oder trudelt gemächlich in der Strömung der Kanäle.

Die Venezianer und ihre Sprache

Nachdem man sich sowohl der Österreicher als auch der Franzosen entledigt hatte, wurde in der zweiten Hälfte des 19. Jahrhunderts ein geeintes Italien unter König Viktor Emanuel ausgerufen. Da sich dessen Regierungssitz erst in Florenz, dann in Rom befand, wurde das Toskanische die Amts- und Hochsprache, sehr zum Missfallen der Venezianer, die der Meinung waren, ihr Dialekt sei auf Grund der glorreichen Geschichte der Republik Venedig der einzig würdige Vertreter für das neue Königreich.

Bis zu diesem Zeitpunkt verstand der Neapolitaner den Venezianer nicht und beide nicht den Römer und alle drei nicht den Rest des Landes. Es herrschten Zustände, wie es sie zum Beispiel vor gar nicht so langer Zeit auch in den wenig besiedelten Gebieten am Niederrhein gab, wo sich ein Borschemicher in Saeffelen nur mit Übersetzer durchschlagen konnte, lagen die beiden Dörfer doch wenigstens 20 Kilometer weit auseinander. Zum Zeitpunkt der Einigung Italiens waren über 70 Prozent der Bevölkerung Analphabeten, es gab also keinen Grund sich eine Schriftsprache anzueignen.

Trotz verordneter Hochsprache erhalten sich sowohl in Deutschland wie auch in Italien die Dialekte, wobei in Deutschland die Bayern, in Italien die Venezianer besonders stur beziehungsweise stolz an dem ihren festhalten. Wer mit seinem mageren Schulitalienisch heute nach Venedig reist, dem ergeht es meist nicht anders als dem Amerikaner mit seinem Hochdeutsch in Niederbayern.

»Il cielo e azzurro«, verkünde ich triumphierend meinem toskanischen Schwiegersohn, nachdem ich Lektion 1–5 in meinem Schnellsprachkurs absolviert habe. »Wenn Du damit durch bist«, erwidert dieser trocken und wirft einen Blick in mein Lehrbuch, »kannst Du es MIR beibringen.«

Wer als Italiener mit dieser schönen, weichen Sprache aufgewachsen ist, dessen Zunge weigert sich beharrlich Konsonantenungetüme wie »tzt, wtz, cht« zu formulieren, bei deren Aussprache man im Geiste hört, wie die Hacken zusammenknallen. Spricht ein Italiener eine Fremdsprache, so hängt er an jedes Wort das mit einem Konsonanten endet ein kurz gesprochenes »e« an, quasi um dem Wort ein wenig mehr Freundlichkeit zu verleihen.

»Proxima fermata, ferrovia«, tönt die Durchsage auf dem Vaporetto, und gleich darauf in Englisch: »Nexte stope, ferrovia!«

»Wutze«, sagt der Mann meiner Tochter zu deren angeblichen Zwergschwein, was sich mittlerweile zu einem stattlichen Hängebauchschwein ausgewachsen hat. »Wut-t-ts« schiebt er dann hinterher, um sein Bemühen um die deutsche Sprache kund zu tun. »Özile«, schreit der Kommentator der Fußballweltmeisterschaft ekstatisch. Und den Vogel schießt ein italienischer Freund ab mit der Frage, warum alle Deutschen so einen starken Akzent hätten, wenn sie Englisch sprächen, um auf mein Erstaunen zu erwidern, dass wir Italiener doch auch akzentfrei sprechen!

Akzent hin oder her, um zu erfassen, was es mit dem venezianischen Dialekt auf sich hat, betrachte man den Bayern, dem nachgesagt wird, er mache so wenig Worte wie möglich, und auch diese kürze er so radikal, dass es für Außenstehende nicht immer möglich sei, deren Sinn zu erfassen. Ein schönes Beispiel ist hierfür der Abschiedsgruß »Pfüat`di«, der auf »Ich empfehle dich« (der Gnade Gottes) zurückzuführen ist.

Auch der Venezianer kürzt gerne, wenn auch aus anderen Motiven. Einen Begriff oder eine Bezeichnung vollständig auszusprechen hieße für ihn, für die Fülle an Worten, die er an einem Tag unterzubringen gedenkt, nicht genügend Zeit zu haben. So passiert es, dass der Fremde auf der Suche nach der Kirche San Giovanni e Paolo lange im Kreis herumlaufen darf, bevor ihm ein freundlicher Einwohner mitteilt, dass »Zanipolo« doch gerade mal um die Ecke liegt. Mit dem Verschludern der Bezeichnung »San Giovanni Decollato« in »San Zandegola« hat sich der Venezianer meines Erachtens aber selbst übertroffen. Der Name der Kirche geht auf Johannes den Täufer zurück, der bekanntermaßen sein Haupt verlor (decollato!).

Die Übertragung von »Zandegola« lasse ich mir von einem Niederrheiner erklären, der für alles eine Lösung hat. »Dat is doch net schwör. Kucken S'. Dä Johannes, da sajen mir Schang daför, un enthauptet hees jeköpp. Un so hees de Kirch ebbens Hailje Schangjeköpp!«

»Merkst du eigentlich«, sagt meine Tochter, die in der Nähe von Siena wohnt, »dass die Venezianer eine wirklich komische Sprache sprechen? Das geht immer so rauf und runter dadaaada-da ... dadaaadada.« Ja, denke ich mir, Österreich ist ja nicht weit.

Bedenkt man, wie viel der Venezianer jeden Tag zu sagen hat und wie er es schafft, dies mit nur kurzen Unterbrechungen zum Luftholen auch umzusetzen, könnte man sagen, der Venezianer lebt, wenn er spricht. Weiterhin bin ich der Überzeugung, das Handy ist für ihn die größte Erfindung des 20. Jahrhunderts und rangiert noch weit vor der Entdeckung des Penicillins und der Entschlüsselung der menschlichen DNA. Denn es erlaubt ihm, jederzeit und überall seiner Bestimmung nachzugehen.

Lange bevor auch in Deutschland die Unsitte der ständigen Verfügbarkeit und Erreichbarkeit mittels Handy einen Teil der Bevölkerung in den Griff nahm, hatte jeder Venezianer sein Handy am Ohr oder starrte angestrengt auf sein Display in Erwartung einer Nachricht.

Da die Bewohner Venedigs ohnehin alles voneinander wissen (die Wohnungen sind hellhörig, die Gassen eng, die Stadt eine Insel, zusammengehalten von Klatsch und Tratsch), kennt man auch keine Hemmung in Bezug auf Lautstärke oder Wahrung irgendeiner persönlichen Abgrenzung. Das Umfeld hört automatisch mit, wenn der Gatte gescholten wird, weil er zu spät zum Essen erscheint oder vergessen hat, das Kind vom Sportunterricht abzuholen, wenn Tochter oder Sohn ermahnt, den Großeltern Einkaufslisten diktiert, über den Chef geschimpft oder über Kollegen gelästert wird.

Die ständige Handypräsenz war vor nicht allzu langer Zeit ein Kriterium, mit dem sich die Einheimischen von den Touristen unterschieden. Mittlerweile beobachte ich Reisende, die während einer Gondelfahrt besessen ihre Nachrichten abfragen und keinen Blick übrig haben für die Einmaligkeit ihrer Umgebung. Die Gondel dient in dem Fall wohl lediglich dazu, in einer Stadt mit wenigen öffentlichen Bänken einen ruhigen Sitzplatz zu finden, um sich ungestört den wirklich wichtigen Dingen zu widmen.

Parallelkonversation

Die Venezianer und ihre Hunde

Venedig mit seinen dicht aneinandergeklebten Häusern, seinen zahlreichen Kanälen und Gassen, die oft so eng sind, dass es Mühe macht, einen Schirm aufzuspannen, mag für Menschen ein romantischer Aufenthaltsort sein. So lange zumindest, bis man sich in einer engen, dunklen Wohnung im dritten Stock ohne Aufzug wiederfindet und vom Fenster aus das Treiben des Nachbarn einen Meter weit entfernt beobachten darf.

So angenehm und einzigartig sich die Stadt auch dem Besucher darstellt, ein Großteil der knapp 54000 Einwohner leben in Verhältnissen, die mühselig sind und teuer. Alle Dinge des täglichen Lebens müssen über das Wasser auf die Insel Venedig gebracht werden, was sich deutlich im Preis niederschlägt. Die Einkäufe selbst verstaut der Venezianer klugerweise in seinem Carello, dem Einkaufswägelchen auf Rädern, will er die Lasten nicht mit krummem Buckel über zahlreiche Brücken und durch das zähe Geschiebe der bummelnden Touristen nach Hause schleppen.

Zwar ist die Stadt von Autos und Fahrrädern befreit, aber leider auch weitgehend von städtischem Grün in Form von Parkanlagen oder einzelnen Bäumen. Gegenüber der Piazzale Roma gibt es einen winzigen Park und im Osten von Castello erstreckt sich eine Anlage mit alten Bäumen neben der Biennale-Insel. Eine kleine Grünanlage findet man am Bacino hinter dem Museo Correr und auf den größeren Campi steht der eine oder andere Baum, der meist schon im August seine vertrockneten Blätter verliert. Darüber hinaus gibt es schöne Privatgärten und liebevoll gestaltete Höfe, in denen bepflanzte Blumentöpfe das Auge erfreuen. Und da man überall von Wasser umgeben ist und am Bacino, an den Fondamente oder am Lido seinen Blick über die Lagune schweifen lassen kann, lässt sich die Abwesenheit von Grün weitgehend verschmerzen. Für den Menschen. Wie man dagegen auf die Idee kommen kann unter diesen Bedingungen nicht nur einen, sondern oft zwei oder gar drei Hunde zu halten, ist mir ein Rätsel. Welcher Hund, der noch bei Verstand ist, empfände ein Leben in dieser Stadt nicht als Zumutung!

Für den Venezianer ist der Hund Statussymbol und Familienmitglied zugleich. Vielleicht weil die beengten Wohnverhältnisse mehr als ein Kind kaum zulassen, die große Familie aber immer noch als Zeichen einer gelungenen Lebensplanung unerlässlich ist… Was auch immer der Grund sein mag, nirgendwo begegnen mir so viele Hunde wie in dieser Stadt. Es scheint dabei eine Vorliebe für Hunde zu geben, die einer gepressten Blutwurst ähneln, mit wuscheligem

Langhaarfell die Straße kehren oder so groß sind, dass man Gefahr läuft, sich mit ihnen in einer engen Gasse festzuklemmen.

Und wenn auch die Hundebesitzer gehalten sind, die Hinterlassenschaften ihrer Lieblinge zu entsorgen, und das in der Mehrzahl auch befolgen, so bleibt doch der eine oder andere Haufen liegen, um anschließend von unachtsamen Dahineilenden in alle Richtungen vertreten zu werden. Auch das Hundepipi hat keine Möglichkeit, unerkannt in der Erde zu versickern, es sammelt sich in Pfützen auf den Gassen oder läuft in Rinnsalen über die Stufen der Brücken. An manchen Hausecken hat es sich dergestalt in den Verputz gefressen, dass es aussieht, als hätte sich eine Kolonie schwarzgelber Pilze angesiedelt.

Jeden Morgen, kaum dass sie die scheppernden Schließgitter ihrer Auslagefenster hochgezogen haben, treten die Ladenbesitzer vor die Türe, bewaffnet mit Wischmopp und Eimer, um die Hauseingänge und Ladenfronten von den »Markierungen« des vorherigen Tages zu befreien. Auch vor unserer Haustür wird gekämpft, leider auf verlorenem Posten. Schrubber, Seifenlauge und Fernhaltespray können die Nase eines kampferprobten venezianischen Hundes nicht täuschen, zumal wenn sie wegen zwischenzeitlicher Abwesenheit nicht regelmäßig zum Einsatz kommen.

Die wenigen Katzen, die es in der Stadt gibt, verbringen ihr Leben in den Schaufenstern von Tierbedarfshandlungen oder schauen träge und wohlgenährt hinter Gardinen hervor. Nach Aussage meiner Kusine, die seit Längerem in Venedig wohnt, werden die streunenden Vertreter dieser Art eingefangen und auf eine der unbewohnten Inseln verbracht. Dabei könnten sie doch dafür sorgen, dass »Venice by Night« nicht in erster Linie diesen Vierbeinern gehört:

Glücklicherweise hat sich die Zahl der Tauben, die den hübschen Beinamen »Ratten der Lüfte« tragen, in den letzten Jahren deutlich verringert. Ihr anfangs schmieriger, dann nach einer gewissen Zeit der Aushärtung kaugummiartiger Kot findet sich leider nach wie vor zuhauf an bevorzugten Ecken und in schmalen Gassen. Der Markusplatz dagegen hat sich sichtlich erholen dürfen. Die Stadtverwaltung konnte sich endlich durchsetzen und sowohl das Füttern als auch den Verkauf von Taubenfutter unterbinden.

Dass dort nicht nur das Füttern der Tauben, sondern auch das Lagern auf den Stufen öffentlicher Gebäude mit der Absicht, die mitgebrachten oder im Straßenverkauf erworbenen Lunchpakete zu futtern, untersagt ist, konnte ich bei einem meiner letzten Besuche beobachten. Ordnungskräfte der Stadt patrouillieren über den Platz und sorgen freundlich, aber bestimmt für die Einhaltung der Regeln.

Die Liebe der Venezianer zu ihren Hunden zeigt sich besonders deutlich in der kalten Jahreszeit. Schon ein Temperatursturz auf 10 bis 15 Grad Celsius lässt die Venezianerin frösteln und gebietet das Tragen dicker Pelzmäntel, oftmals gekrönt mit modischen Pelzkappen, wobei selbstredend nur echte Pelze in Frage kommen, da kennt man in Venedig keine Gewissensbisse. Die jüngere Generation greift inzwischen vermehrt zu Daunen, wobei das brutal anmutende Einschnüren der Taille in den unförmigen Mänteln den Eindruck der bekannten Michelin-Männchen nicht ganz tilgen kann.

Was sich der Mensch leistet, soll auch dem Hund nicht verwehrt werden So trägt auch er Pelz oder wird zumindest von einem getragen.

Am Fenster

Es gibt einen magischen Augenblick, wenn sich lautlos gleitend der Bug einer Gondel unter der Ponte del Christo hinaus an unserem Fenster vorbeischiebt. Das spiegelnde Ferrum fängt das Sonnenlicht ein, das die Fassade des Palazzo Pisani in ein rotgoldenes Glühen taucht. Es ist, als lege sich die Vergangenheit über die Gegenwart und die Zeit hielte inne in ihrem Voraneilen.

Für einen Augenblick bin ich Teil eines Tableaus von Guardi oder Canaletto, in dem aufgerüschte und gepuderte Herrschaften die Gondeln bevölkern auf dem Weg zu einem Ball oder, versteckt hinter einer Maske und der Bautta, zu einem geheimen Treffen in nebliger Nacht, die nur erleuchtet wird vom Fackellicht der Boote. Im frühen Morgenlicht, das rosig und mild über den Wassern der Lagune aufsteigt, lassen sich Kaufleute zu ihrem Kontor rudern oder zum Hafen, um das Abladen ihrer Schiffe zu überwachen, die weither über das Meer gekommen sind, beladen mit Gewürzen, Teppichen und Seide. Vielleicht ist auch Thomas Cromwell unterwegs, lange bevor er am Hofe Heinrich VIII. »unter Wölfen« kämpfte, um einem griechischen Freund beizustehen, der die Leiche eines unliebsamen Rivalen in einem kleinen Seitenkanal versenken will. Zwischen Mitternacht und Morgengrauen dient allenfalls das Mondlicht auf den schwarzen Wassern zur Orientierung. Was wäre ich wohl in jenen Zeiten gewesen? Ein blasses Mädchen hinter den aufwändig verzierten Fenstergittern eines Palazzo unter der Obhut eines strengen Vaters? Wäre ich ein armer Fischer, ein fleißiger Kaufmann oder der nichtsnutzige Spross eines Adligen, der nun, nachdem er durch Giftmord an seinem älteren Bruder in den Genuss des Familienerbes gekommen, dieses bei verbotenen Glücksspielen verjubelt? Oder hätte mich die Armut und Aussichtslosigkeit meiner Herkunft dazu gebracht, mich in die Riege der allzu willigen Damen einzureihen, die mit schwarz gefärbten Brauen und leuchtend roten Lippen im weiß bemehlten Gesicht auf hohen Schuhen durch den Morast der Gassen schwanken, darauf bedacht, den Saum ihrer Kleider nicht zu beschmutzen?

Leider reißt mich das Knattern eines Motorbootes aus meinen Träumereien. Heftig schwankt die Gondel im aufgewühlten Fahrwasser, tief bückt sich der Gondoliere, um unbeschadet unter der Brücke hindurchzukommen. Heute besteht seine Fracht aus einer Gruppe japanischer Touristen. Sobald sie uns am Fenster erspäht haben, reißen sie ihre Kameras hoch. Vielleicht landet unser Abbild auf Facebook, auf einer CD oder in einem Reisealbum. Vielleicht werden wir auch wieder gelöscht, weil wir nicht interessant genug sind, wie wir da sitzen, die Beine hochgelagert, Kaffee und Tee in Reichweite, die Tageszeitung auf den Knien. Nicht so spektakulär wie ein Guardi oder Canaletto. Aber dafür sehr behaglich.

»Gott ist groß«

Am äußersten Ende, im Osten vom Sestiere Castello, liegt die kleine Insel S. Pietro di Castello, die, noch unter ihrem ursprünglichen Namen Olivolo, im Jahr 827 zum Bischofssitz ernannt wurde.

Die Patriarchalkirche wurde später »barockisiert« und erneuert, bewahrt hat man aber einen Marmorthron, der, um 1300, aus geklauten Bruchstücken zerstörter Bauwerke in eroberten Gebieten zusammengesetzt wurde. Nach getaner Arbeit wurde kurzerhand behauptet, schon der heilige Petrus hätte darauf seinen Hintern platziert, ja, dies wäre sein ureigenster Thron. Wie der Gute dieses Mordstrumm mitgeführt haben will, ständig auf der Flucht an wechselnden Orten, bleibt der Fantasie überlassen.

Die Klauerei war üblich, warum sollte man nicht hübsche, bereits bearbeitete Stücke mitgehen lassen und sie neuer Verwendung zuführen. Die schönen Steinmetzarbeiten hat man gleich für die Rückenlehne verwendet, nicht ahnend, dass diese keine Blumenranken, sondern Suren aus dem Koran darstellten, was zu der grotesken Situation führte, dass an jeder »heiligen Handlung«, die in der tiefen Überzeugung gehalten wurde, Vertreter des alleinigen, wahren Gottes auf Erden zu sein, auch Allah, der Gott des Erzfeindes, teilnehmen konnte.

Diese Vorstellung hat für mich etwas zutiefst Befriedigendes. Man darf hoffen, dass sich Mohammed, Jesus, Buddha und zahlreiche andere Propheten und Götter gut amüsiert haben.

Davide

Einige Tage im Voraus werden die Karten gekauft. Eine halbe Stunde bis Stunde vor Konzertbeginn warten wir auf den Stufen der ehemaligen Kirche S. Vidal auf Einlass. Um das Schauspiel, das sich uns bald bieten wird, in aller Fülle genießen zu können, ist es erforderlich, sich die Plätze in den vorderen Reihen zu sichern. Da nehmen wir die Wartezeit gerne in Kauf. Es dauert auch nicht lang, da windet sich eine Schlange erwartungsfroher Konzertbesucher bis hinein in den Campo Stefano. Endlich ist es so weit. Die Flügeltüren öffnen sich und es beginnt die Eroberung der ersten Stuhlreihe in Augenhöhe der Bühnenrampe und den schwarzen, mit Glitzerstoff bezogenen Schuhen des Cellisten Davide Amadio.

Hautnah dürfen wir nun dabei sein, wenn er sich aufschwingt in die elysischen Sphären von Antonio Vivaldis Musik, einer Musik, die für mich ebenso nach Venedig gehört wie das grüne Wasser der Lagune und der sanftblaue Himmel darüber. Und Davide enttäuscht uns nie. Man muss es erleben, wenn der Schweiß perlt, die Augenlieder zucken, der Atem keuchend die halb geöffneten, zitternden Lippen verlässt, wenn im Rhythmus der Musik tief aus der Kehle leicht grunzende Laute das Andante, Largo und Presto begleiten. Wenn die schmalen Hände zupfen und flattern, als führten sie ein Eigenleben, entrückt, verzückt, nicht mehr von dieser Welt, in der wir nur Zuhörer sind, fasziniert, hingerissen, und vielleicht auch manchmal etwas beschämt ob dieser Selbstvergessenheit …

Und wenn es vorbei ist mit dem unweigerlich letzten Ton und wir wieder herunterplumpsen in die reale Welt, hält es uns nicht mehr auf den Stühlen und wir stimmen ein in die frenetischen Bravo- und Da-Capo-Rufe und klatschen uns die Hände wund, während San Vidal, eingezwängt in seiner Rüstung auf einem Pferd, das aussieht wie ein aufgeblasenes Gummitier, ungerührt aus seinem Bildnis an uns vorbeiblickt.

Wir aber, erfüllt und berauscht von der Musik, treten hinaus in den sanften dunklen Abend. Über dem Campo Stefano segeln leuchtend kleine blaue Fallschirme herab. Kaum fallen sie uns vor die Füße, werden sie schon geschwind von tamilischen Händlern aufgeklaubt und zum Kauf angeboten. Aber selbst diese krude Geschäftigkeit holt uns in dieser milden Sommernacht nicht aus unserem glücklichen Schwebezustand. Schauen die kleinen Schirme doch aus wie leuchtende Sterne, die sanft zu uns herabschweben auf unserem Heimweg ins Castello.

Sonntagsspaziergang

Ein klarer blauer Himmel begrüßt mich an diesem Sonntag, und ein frischer warmer Wind streichelt durch mein Haar, während ich am Ospedale vorbei zu den Fondamente Nuove laufe. Auf der Brücke bleibe ich stehen. Wie jedes Mal überwältigt mich der Anblick der Insel San Michele, deren rote Ziegelmauern, die den Friedhof umschließen, mit dem grünen Wasser der Lagune um die Wette leuchten. Dahinter, dunkelgrün, fast schwarz, die schlanken Säulen der Zypressen, stumme Wächter der Friedhofsruhe, und für manchen Insassen des Ospedale, der seinen Blick hinüberschweifen lässt, vielleicht eine Mahnung. Oder ein Versprechen.

Davor, auf dem Bacino, tobt das Leben. Es ist »Familientag« und je nach Temperament sausen oder dümpeln die Venezianer in ihren Booten herum. Man sonnt sich auf dem Vordeck oder lässt sich von den Wellen gemütlich schaukeln, während man fleißig dem Wein zuspricht und Bruschetti vertilgt. Die Jugend führt stolz blankpolierte Aufbauten und dicke Motoren vor und macht »bella figura« in knappen Badesachen. Die älteren Semester lassen es ruhiger angehen. Manch einer hat sich mit Hilfe eines Sonnenschirms und einiger Tücher eine abenteuerliche Zeltkonstruktion auf sein Bötchen gebaut und verschläft dort sanft schaukelnd den Nachmittag. Ein Schnellboot der Ambulanza pflügt mit heulender Sirene durch die Wellen und sorgt dafür, dass so mancher Sonnenanbeter eine unfreiwillige Dusche nimmt.

Nordöstlich, im blauen Schattenriss, grüßen die Dolomiten.

Mein Weg führt mich bis ans Ende der Fondamente zu dem kleinen Anlegehafen für Segelboote und dann in die stillen, schmalen Gassen stadteinwärts. Überall Sonntagsruhe. Aus einem halb geöffneten Fenster dudelt leise Radiomusik, Wäsche trocknet in der Sonne. Die kleinen lauschigen Höfe und Gärten sind menschenleer. Oleander blüht üppig. Auf dem Campo Geusiti sitzen ein paar alte Männer auf den Bänken im mageren Schatten einiger Bäume, die bereits das Laub verlieren. Die Tische der kleinen Restaurants auf den Campi abseits vom großen Rummel sind gedeckt und warten auf Gäste. Noch am Miraculi-Kirchlein vorbei, dann bin ich daheim, wo mich die Sonntagszeitung und ein Glas kühler Limonade erwarten.

Venedig – ein Dorf

In einer Stadt, in der Menschen so eng aufeinanderhocken wie in Venedig, ist es kaum möglich, sein Privatleben vor den Nachbarn abzuschirmen. Der Venezianer im Allgemeinen scheint auch kein Problem damit zu haben, läuft er doch den lieben, langen Tag mit seinem Handy am Ohr herum und lässt alle Welt an seinen Befindlichkeiten teilhaben.

So gleicht das Leben in Venedig einem Leben auf dem Dorf, mit der Besonderheit, dass dieses Dorf in sechs Viertel, genannt »Sestiere« aufgeteilt ist. Die Giudecca-Insel hängt als siebter teil noch von außen dran, was man sehr schön am Ferrum einer Gondel ablesen kann, deren sechs Zacken in die eine, deren siebte Zacke in die entgegengesetzte Richtung weisen. Die einzelnen Schichten der Gesellschaft bleiben wie überall unter sich, aber man weiß, was man voneinander zu halten hat, dafür sorgen Klatsch und Tratsch.

Da jedermann, ob reich oder arm, ob adlig oder nicht, zumindest streckenweise zu Fuß gehen muss, begegnet man als aufmerksamer Beobachter in seinem Viertel nach gewisser Zeit immer wieder denselben Vertretern der unterschiedlichsten Provenienzen. Sehr schnell wird man auch feststellen, dass man als »Zugereister«, mehr noch als Ausländer, diesen Status sehr lange, wenn nicht gar immer, beibehalten wird. Kusine Astrid kaufte sechs Jahre lang nahezu jeden Morgen ihr Brot in derselben Bäckerei, bis der Zeitpunkt gekommen schien, dies von Seiten der Bäckereiverkäuferin auch zu bemerken. »Wohnen Sie in der Nähe?«, lautete die freundlich erstaunte Frage. »Sie waren doch auch gestern hier?«

Wir dagegen, die wir maximal fünf bis sechs Mal im Jahr für einige Wochen hier verweilen, werden niemals derartige Aufmerksamkeiten erfahren. Trabanten gleich umkreisen wir die Stadt Venedig, angezogen und abgestoßen gleichermaßen.

La Marchesa

Das Gesicht eine Gebirgslandschaft, die auch Make-up und Puder nicht mehr glätten kann. Die Augen darin wie zwei tiefe, dunkle Seen, kalt und unbewegt. Unsicher aufgetragen das Rouge auf den dünnen, zusammengepressten Lippen. Die Nasenfalte legt Zeugnis ab von lebenslanger Disziplin und Überheblichkeit. Das mittlerweile schlaffe Kinn immer noch trotzig vorgereckt. Jedes einzelne Haar an seinen Platz betoniert. Den nach wie vor geraden Rücken wärmt ein teurer Pelz, die dürren Beinchen stecken in winzigen Stiefelchen. Die knotigen, mit Edelsteinen beringten Hände umklammern eine Tasche aus Schlangenleder. Die ganze Erscheinung ein personifiziertes Vorurteil über Abkömmlinge einst mächtiger Adelsfamilien. Unsicher und tastend setzt sie ein Stiefelchen vor das andere. Ein altes Schiff, das seinen sicheren Hafen verlassen hat, und nun mühsam Kurs hält durch ein Meer knatternder Schnellboote.

La Coppia

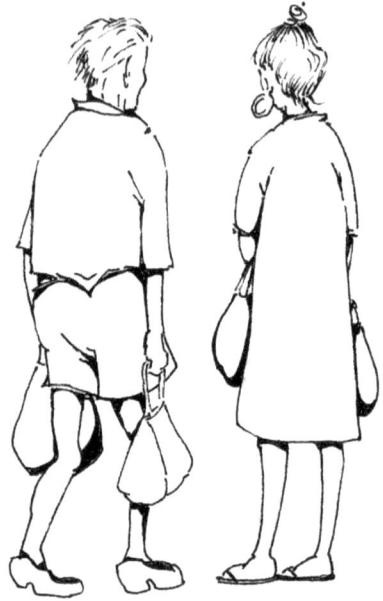

Klein und zerbrechlich wirken sie. Der tägliche Gang zum Markt seit Jahren ein Ritual. Er pflegt die Freiheit des Alters, nicht mehr gefallen zu müssen, die Eitelkeit hinter sich lassen zu können. Die dünnen Härchen flusig, die für den Zustand seines Körpers etwas zu offenherzige Kleidung ist abgetragen und bequem. Sie dagegen hält auf sich. Das Hängekleidchen lässt sie wie ein kleines Mädchen erscheinen, die faltigen Ohrläppchen zieren große Ringe. Die mumienhaften braunen Füßchen stecken in modischen Flipflops und das gefärbte Haar hat sie zu einem gekonnt nachlässigen Knoten hochgesteckt.

So leicht lässt sie sich nicht besiegen!

La Contadina

Welche Umstände sie in diese Stadt auch verschlagen haben, jetzt stapft sie schnaufend über den Campo Bartholomeo, rudert mit weitausholenden Armbewegungen durch die Menge, die ihr bereitwillig Platz macht. Unter dem Sottoportego bleibt sie stehen. Die Hände in die Hüften gestemmt, lässt sie eine laute Schimpfkanonade auf ein Bürschlein herabdonnern, das sich schuldbewusst an die Hauswand drückt. Ja, das passiert, wenn man nicht pünktlich bei Großmutter am Abendbrottisch erscheint!

Il Nobile

Feingliedrig und schlank seine Erscheinung, unauffällig gewandet in bestem Tuch. Das blasse, alt gewordene Gesicht
durchzogen von einem Netz feiner Linien, die an eine Vergangenheit erinnern, die älter ist als er selbst. Müde die Augen, aber
unnachgiebig die Falten um Mund und Nasenflügel. Die Haltung aufrecht, die Schritte leise und bedacht, der Blick nach
innen gekehrt, so schreitet er auf das Portal der Kirche zu. Er
nimmt seinen Hut ab und taucht ein in den dämmrigen Innenraum. Während er sich langsam auf den Altar zubewegt, verändert sich seine Haltung. Die Schultern sacken nach vorne, de-
mütig sinkt das Kinn auf die Brust. Gebeugt und ergeben steht
er eine Weile vor dem Bildnis dessen, den er weit über sich gestellt hat. Dann strafft er die Schultern und sein Blick hebt sich
zu dem vergoldeten Kruzifix, das über dem Altar schwebt. Mi-

nutenlang verharrt er reglos, nur seine Lippen bewegen sich in lautloser Bitte. Dann eine elegante Drehung, und aufrecht verlässt er das kühle Dämmerlicht und tritt hinaus in die Abendsonne. Und während er seinen Hut aufsetzt, verschwindet er auch schon meinen Blicken und taucht ein in das Geschiebe und Gedränge der Menschen.

La Donna

Mit scharfem Profil, in tadellos sitzendem Kostüm, das ondulierte Haupthaar in schimmerndem Blaugrau, dazu die modisch verspielten Pantoletten, deren niedriger Absatz das einzige Zugeständnis ist an Beine, die ohne Hilfe nicht mehr laufen können. Grandezza! Oder wie meine Großtante Gretl zu sagen pflegte: »Nur der Not keinen Schwung lassen!«

Machilista

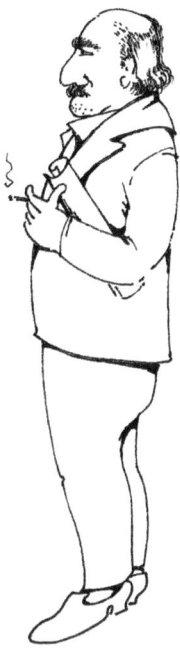

Er hält sich für den Größten. Ihm kann man nichts vorma-chen. Er weiß Bescheid und kennt sich aus. Vor allem auf den Gebieten Frauen und Politik und natürlich dem, was Ve-nedig im Innersten zusammenhält: Klatsch und Tratsch. Jeden Sonntag steht er geschniegelt und gegelt am Kiosk, raucht seine Zigarette und nimmt den Kauf der Sonntagszeitung zum Anlass für ein Schwätzchen. Schön, wenn der eine oder andere sich da-zugesellt, und wenn nicht: A bisserl was geht immer!

La Vecchia

Breit setzt sie die geschwollenen Füße, schwer stützt sie sich auf ihren Stock. Das leichte Sommerkleid hängt weit über dem abgearbeiteten Körper. Die Haare wirr, ein verlassenes Vogelnest. Mühsam der Gang über die Anlegestelle des Vaporetto, auch wenn die junge Frau an ihrer Seite sie stützt. Lebhaft nur der Wortwechsel der beiden, munter und unbesiegt. Auf ihrem Kleid eine gedruckte Botschaft: »I fight for my life.«

Der Gucci-Taschen-Verkäufer

Merkmale: transportables Verkaufsgut, hochgerüstete Lauf-schuhe, ständige Handyverbindung mit Kollegen, sportli-che Kleidung, schnell wechselnde Verkaufsstandorte, exorbitan-te Kenntnisse aller Kreuz- und Querverbindungen in der Stadt, sowohl der Gassen als auch der Kanäle.

Paralleluniversum

Wie eine Blaupause, die ein wenig verschoben über einer Originalzeichnung liegt, so existiert neben dem Venedig, das jedermann unmittelbar erfahren kann, indem er sich in das Gewühl seiner Gassen begibt, eine zweite Stadt in einer Art Paralleluniversum. In dieser zweiten Stadt sind alle Gebäude und Straßen deckungsgleich mit der ersten, nur die jeweilige Zuordnung zu einer Nutzung unterscheidet sich. Es gibt Bewohner, die nur in der zweiten Stadt zu Hause sind, und die ist auch nur den Menschen bekannt, die in der Lage sind, einen Blick in dieses Paralleluniversum zu werfen.

So findet man die Questura, die Polizeibehörde der Stadt 1, in der Nähe des Piazzale Roma im Sestiere S. Croce. In der Blaupause sehen wir Commissario Brunetti eine Questura betreten, deren Eingang sich hinter mächtigen Säulen im Sestiere Castello befindet, die in Stadt 1 zu einem ehemaligen Franziskanerkloster gehören, deren Kirche gleich nebenan liegt. In der Blaupausenstadt ist uns nicht nur der Commissario bekannt, wir kennen auch seinen Vorgesetzten, den ständig um sein gesellschaftliches Ansehen bemühten Vicequestore, sowie seine hübsche, kluge Assistentin Elettra.

Die Familie Brunetti sitzt oft auf ihrer schön gelegenen Terrasse am Canal Grande, die man sehr gut sehen kann, wenn man mit einem Vaporetto auf besagtem Canal unterwegs ist. Leider ist es nie möglich, einen Gruß hinaufzuschicken, denn diese Familienzusammenkünfte finden ausschließlich in der Blaupause statt. Nur wenn sich das Zeitfenster für eine knappe Stunde öffnet und eine Verbindung hergestellt wird zwischen den beiden Welten, dürfen wir dem Commissario auf seinen verschlungenen Wegen folgen, während er Mordfälle aufklärt, auf dem Markt einkauft, in Osterien und Pasticcerien einkehrt, Espresso trinkt und Dolci genießt, die auch wir, in unserem Universum an exakt denselben Orten genießen können.

Nur leider nicht mit ihm. Denn um das Ganze wirklich kompliziert zu machen, hat auch die Person des Commissario in unserer Welt eine andere Bedeutung. Kein Venezianer, der nur der Muttersprache mächtig ist, hat je von ihm gehört, außer den Einwohnern der Blaupausenstadt, die natürlich wissen, dass ihr Commissario mit der Tochter eines Conte verheiratet ist, dem man Verbindungen zur Mafia nachsagt. Einmal nur standen wir an der Schwelle eines tiefgreifenden kosmischen Ereignisses, als Commissario Brunetti seinen Weg am Miraculi-Kirchlein vorbei zu der kleinen Ponte del Christo nahm, deren Stufen auch zu unserer Haustür hinabführen. Da stand er, der Commissario, auf der Brücke, und wir starrten zeitversetzt durch ein Wurmloch in das Paralleluniversum auf unsere Haustür. Könnte es sein, könnte es geschehen, dass sich jetzt, in diesem magischen Augenblick, die Tür öffnen und wir hinaustreten in Zeit und Raum und uns, sozusagen, begegnen? Ein Paradoxon!

Ratti

Venedig ist eine Stadt, in der man der Erkenntnis nicht ausweichen kann, dass jegliches Ding auf dieser Welt letztendlich dem Verfall anheimgegeben ist und dem Menschen die Aufgabe obliegt, dagegen anzukämpfen. Die Gegner in diesem Kampf sind schnell ausgemacht und formieren sich jeden Tag aufs neue: aussalzendes, bröckelndes Mauerwerk, Hundepipi, aqua alta, verkrustete Bürokratie, mafiöse Verwaltungsstrukturen, unübersichtliche Fahrpläne, überfüllte Vaporetti, geisterhafte elektrische Schaltkreise und eigenwillige Gasthermen einschließlich der dazu gehörenden Heizungsmonteure.

Auf diesem Schlachtfeld gibt es einen Ort, der dem erschöpften Bewohner dieser Stadt Zuflucht, Hoffnung und Trost gewährt. Der kleine Haushaltswaren- und Handwerkerbedarfsladen »Ratti«. Mit dem Schlachtruf »Mal sehen, was Ratti hat!« taucht man ein in Nägel, Schrauben, Gardinenringe, Zement, Farben, Dichtungen, Fensterleder, Kupferkessel, Bohrer, Feilen, Fußmatten, Espressomaschinen, Salatschüsseln, Cappuccino-Tassen und Aufbewahrungskörbchen. Blankpolierte, geschärfte Waffen für den Kampf gegen das alltägliche Chaos. Wenigstens einmal während meines Aufenthalts muss ich »sehen, was Ratti hat«. Das letzte Mal bestand meine Beute aus einem Messbecher, der interessanterweise in deutscher Sprache beschriftet war. Also »Mehl« statt »Farina«. Was sollte das heißen? Dass man hier das richtige Maß verloren hatte? Herr Renzi könnte mir vielleicht recht geben.

Wie die Venezianer im Allgemeinen so besitzt auch der venezianische Handwerker einen Sinn für Selbstdarstellung, genannt »bella figura«. Selbst beim schnödesten Einsatz präsentiert er stolz die ganze Palette seiner Kunst in Form seiner Ausrüstung, die manchmal derartige Ausmaße annimmt, dass der Träger darunter kaum mehr auszumachen ist. Um die Hüfte wird ein riesiger Werkzeuggürtel geschnallt, der ob seines Gewichts den Träger bei jedem Schritt in die Knie gehen lässt. Auch Karabiner, Seile und Haken werden bei größeren Einsätzen wie dem Erklimmen eines an und für sich gut gesicherten Gerüsts gerne über Schultern und Brust drapiert. Die Taschen der Cargohosen sind prall gefüllt mit Kleinteilen wie Schrauben, Nägeln und Dübeln. Auf dem Kopf thront der Helm. Die Gesamterscheinung ist einer Ritterrüstung würdig, und genau das ist der venezianische Handwerker ja auch. Ein kleiner Ritter im Kampf gegen den Drachen des Verfalls.

Wie ein Baumbewohner des Urwalds turnt er Tag für Tag auf den zahlreichen Gerüsten herum, die sich, mit ausgefeilten Strategien aufgebaut, über enge Gassen spannen, an schiefen Hauswänden kleben und über vielbefahrene Kanäle ragen. Und kreativ ist man auch. Fehlt ein Transportbehälter an einem Flaschenzug, tut's zur Not auch ein ausrangierter Einkaufswagen vom Supermarkt. Stets der Öffentlichkeit und der angemessenen Darstellung seiner Tätigkeit gegenwärtig, hängt man dann lässig an einem Arm, der Fuß baumelt über dem Abgrund, im Mundwinkel glimmt die Zigarette und die freie Hand schwingt den Hammer.

Gilt es einer Dame zu Hilfe zu eilen, deren Gastherme durch das sturzbachartige Wasser eines Gewitters den Geist aufgegeben hat, weil das Wasser beschlossen hatte, durch den Kamin bis in das untere Stockwerk zu rauschen und diese zu ertränken, läuft er zu Hochform auf. Nach den üblichen zwei bis drei Tagen Terminverschiebung, in denen man sich durch beständiges telefonisches Nachfragen in Erinnerung zu bringen hat, steht er kampfbereit an Ort und Stelle. Während er die hilflose Unwissende palavernd an seinem Sachverstand teilhaben lässt, fuchtelt er gekonnt, aber nicht immer nachvollziehbar mit seinem Werkzeug herum, bis nach wenigen Stunden der Schaden tatsächlich behoben ist. Besagte Unwissende hat sich währenddessen vorgenommen, das nächste Mal den Schaden mit Hilfe eines Föhns selber zu beheben. Das Trinkgeld nimmt er bescheiden lächelnd an. Und ist das eine Verbeugung, mit der er sich zur Tür wendet? In der Tat!

Leider ist an mich die ganze Mühe verschwendet. Ob Ambulanza, Feuerwehr oder Handwerker, beim Anblick eines venezianischen Mannes mit einer geschätzten Durchschnittsgröße von 1,67 Metern, der in einer dieser Ausrüstungen steckt, habe ich ein Bild vor Augen, das sich nicht so ganz mit der beabsichtigten Wirkung deckt. Es sei denn, ein niedliches Playmobil-Männchen fällt unter die Kategorie »bella figura«.

Einsatz der Vigili del Fuoco Venezia: »Kabelbrand«

Die »Libreria Aqua Alta«

Steht man auf dem Campo S. Giovanni e Paolo (Zanipolo), vor sich die Statue des Bartolomeo Colleoni, linker Hand die Scuola S. Marco, die heute das Ospedale beherbergt, rechter Hand die köstlichen Törtchen der Rosa Salva, sollte man, bevor man seinen Weg zur Libreria Aqua Alta fortsetzt, ein wenig verweilen und sich die Zeit nehmen, über die Schlitzohrigkeit der Serenissima nachzudenken.

Bartolomeo Colleoni, der in seinem wechselvollen Leben in den Diensten der Stadt Venedig ein beachtliches Vermögen zusammengeraubt hatte, war der Auffassung, seine Lebensleistung könne nur dadurch gewürdigt werden, dass die Stadt ihm zu Ehren und der Nachwelt zur Bewunderung ein Reiterstandbild aufstellte. Ein Platz vor der Basilika S. Marco, in Nachbarschaft des Dogen, erschien ihm dabei durchaus angemessen. Um den Rat der Stadt von der Notwendigkeit dieser Maßnahme zu überzeugen, stellte er seinen reichen Besitz als Erbe in Aussicht. Hin- und hergerissen über die Dreistigkeit dieses Personenkults und der Gier nach dem Vermögen des Condottiere, fanden die schlauen Advokaten schließlich einen Ausweg. Sicherlich hatte der Condottiere nicht die Basilika, sondern die gleichnamige Scuola im Sinn gehabt … Im Ergebnis kassierte die Stadt das Erbe, und der dreiste Colleoni sitzt nun, die gespreizte Haltung in Bronze gegossen, auf seinem Pferd auf dem Campo vor der Scuola S. Marco.

Wir wenden uns den Törtchen der Rosa Salva zu. Nachdem wir ein bis zwei davon verspeist haben, stärken wir uns mit einem Espresso. Solcherart ermuntert, verlassen wir das Lokal und wenden uns nach rechts, um in die schmale Calle della Madonna einzubiegen. An deren Ende halten wir uns links, überqueren ein Brückchen und folgen rechts der Calle Pinelli. Nach wenigen Schritten öffnet sich die Häuserzeile zu einem kleinen Vorplatz, und wir stehen vor dem Eingang der Libreria.

Der erste Eindruck ist: Hier hat ein Hippie die Zeit verschlafen. In den traurigen Ästen eines mageren Bäumchens baumeln Weihnachtskugeln und Glitzergirlanden. Davor breitet sich ein abenteuerliches Arrangement aus gestapelten Kisten, Kartons und ausrangierten Wäschekörben aus, die allesamt Mühe haben, die Massen an Büchern, Schriftrollen und abgenutzten Plakaten bei sich zu halten, die aus ihnen hervorzuquellen drohen. Ein wackeliger, spirrliger Metallständer mit vergilbten Ansichtskarten hält mühsam das Gleichgewicht. Nippes und auf den ersten Blick undefinierbarer Krempel, halbvolle aufgerissene Kartons mit Katzenfutter, ein Tragekorb für dieselben, eine Sammelbox mit der Aufschrift »für Kätzchen«, zwei Rollen Toilettenpapier und eine gefüllte Futterschale vervollständigen das Ensemble. Zwischen schreiend kolorierten Bildnissen der Madonna und stockfleckigen Kunstdrucken sitzt eine der Katzen höchstselbst. Aus grauem Fell bis zur Größe eines Terriers gemästet, blinzelt sie träge an uns vorbei.

Vorsichtig treten wir in das Dunkel der offenen Tür. Ein leichter Geruch nach Schimmel und Katzenpipi empfängt uns. Der Meister thront, mit beträchtlichem Leibesumfang seinen Katzen nicht unähnlich, erhöht hinter einer festungsgleichen Ladentheke und betrachtet wohlwollend eine kleine Schar junger Männer, die mit wichtiger Miene gestikulierend und schnatternd zwischen Büchertürmen herumwuseln, die sich, soweit auf den ersten Blick erkennbar, über den gesamten Raum und bis unter die Decke stapeln. Augenscheinlich sind sie damit beschäftigt weitere Broschüren und abgegriffene Taschenbücher ihrem Bestimmungsort zuzuführen.

Die Mitte des Raumes nimmt eine ausgemusterte Gondel ein, eine überaus sinnvolle Angelegenheit im Falle einer Überflutung. Vollgestopft bis zum Rand mit Druckwerken aller Art, bietet sie jedoch keinerlei Raum für etwaige Rettungsaktionen. An den Wänden türmen sich Regale, davor stapeln sich Kisten und Kasten, allesamt überquellend mit Büchern zu den unterschiedlichsten Themen und im unterschiedlichsten Erhaltungszustand. Ein Chaos, kaum zu durchblicken. Dazwischen, offensichtlich zur Erheiterung des geneigten Kunden gedacht, geben sich abgegriffene Porzellanfigürchen, mottenzerfressene Spitzenfächer und venezianische Masken made in China ein Stelldichein.

Hat man sich bis zur Mitte des Raumes durchgekämpft, öffnet sich ein Durchgang zu einem weiteren, deutlich kleinerem und düsterem Raum, an dessen Ende man schnurstracks in den Rio purzelte, stände nicht ein zierliches Sesselchen im offenen Zugang zum Wasser. Jetzt erschließt sich auch der Name »Libreria aqua alta«. Dieser Raum hat so mancher Überschwemmung standgehalten. Das bezeugen der aus Lehm und Schlacke festgestampfte Boden ebenso wie die feuchten Wände und die welligen braunen Ränder zerlesener Bücher.

Aus dem Dunkel der Balkendecke funkelt schwach ein venezianischer Leuchter trotzig gegen den Muff an und die Beklem-

mung, die uns erfasst angesichts dieser Sammlung angeschmud-
delter und vernachlässigter Bücher, die jedem Messie zur Ehre
gereicht hätten. Selbst eine ausrangierte, rostfleckige Badewanne
muss als Behältnis herhalten. Das daneben platzierte, deutlich
gebrauchte Sitzklo ist noch keiner alternativen Verwendung zu-
geführt worden.

Zurück in den Hauptraum geht es vorbei an der Sektion
»erotische Literatur und Schmuddelkram«. Aus aufgeschlagenen
Fotobänden rekeln sich muskelbepackte, geölte junge Männer
und ausgeformte, vollbusige nackte Frauen mit laszivem Auge-
naufschlag dem Betrachter entgegen. Eine Lampe, bestehend
aus einem beleuchteten Frauenbein und einem Fransenschirm,
der einem Röckchen gleich darüber thront, krönt einen Stapel
entsprechender Literatur. Der plüschig schwüle Charakter des
Ensembles ist im Staub der Zeit arg verblichen, und während
ich noch darüber nachsinne, ob ich das alles witzig oder ge-
schmacklos finden soll, erinnere ich mich daran, diese Lampe
schon einmal gesehen zu haben. In einem eindeutig lustigen Zusammenhang, genauer gesagt in einem wunderschönen Weih-
nachtsfilm, der davon handelt, dass sich ein kleiner Junge namens Ralphie nichts sehnlicher zu Weihnachten wünscht als ein
Red-Rider-Luftgewehr. »Du wirst Dir das Auge ausschießen«, ist
die gleichbleibende Absage seiner Mutter darauf.

Von seinem Vater erfährt Klein-Ralphie auch keine Unterstützung, denn dieser hat soeben den Hauptpreis eines Kreuz-
worträtsels gewonnen, in Form eben dieser Lampe. Die anfänglichen Skrupel angesichts dieser Preisgestaltung (die Geschichte
spielt in den 40er Jahren des vorigen Jahrhunderts) überspielt er,
indem er die Lampe trotzig, gegen den Widerstand seiner Frau
und der befürchteten Reaktion der Nachbarn, in das Fenster
stellt, wo das beleuchtete Frauenbein unter dem knappen Fran-
senröckchen weithin sichtbar in die Nacht strahlt.

Die Mutter, unterstützt von Staubsauger und Putzlappen,
bringt die peinliche Konkurrenz zu Fall. Es folgt scheinheiliges

59

Bedauern, das den gekränkten Vater nicht überzeugen kann. Die Synchronstimme des erwachsenen Ralphie, der die Geschichte rückblickend erzählt, gehört dem unvergleichlichen Harald Juhnke. Der Film wärmt das Herz und rührt zu Tränen der Heiterkeit. Und für den kleinen Ralphie gibt es natürlich ein Happy End.

Vorbei an der wieder auferstandenen Lampe zwängen wir uns zwischen Büchergondel und vollgestapelten Regalen in den hinteren Bereich der Libreria, der sich zu einer Art Patio öffnet. Unter freiem Himmel, durch hohe Ziegelmauern begrenzt, an die das Wasser des Kanals schwappt, bietet er die Kulisse für des Meisters finales Panoptikum: »Climb up the booksteps«. Der Schriftzug an der Mauer fordert den Besucher auf, eine »Büchertreppe« zu besteigen, um sich den »fantastischen« Rundblick nicht entgehen zu lassen, der jenseits der Mauer warte. Büchertreppe. Diese Bezeichnung ist wörtlich zu nehmen. Aus hunderten, einstmals aufwändig gebundenen Schriften, teils mit Ledereinband und Golddruck versehen, hat der Meister an zwei Seiten der Umfassungsmauer eine Treppe zusammengebaut, deren abenteuerliche Konstruktion ihre Stabilität ausschließlich der durchweichten und mit Dreck vermörtelten Seiten der Bücher sowie des darauf verlegten, mittlerweile festgebackenen Teppichs im Orientdesign verdankt.

Hat man mutig die Stufe erklommen, blickt man auf den schmalen Rio und die eher nichtssagende Häuserfront gegenüber. Zwei holzschnittartige Rehlein lehnen erschöpft an der Büchertreppe, und auch wir sind bedient und treten den Rückzug an. Beim Hinausdrängen fällt uns ein kleines Büchlein ins Auge, dessen deutschsprachiger Titel verspricht uns »an unbekannte, geheimnisvolle Orte Venedigs« zu führen. Das Büchlein, abgegriffen und mit Spuren des Ereignisses versehen, das der Libreria ihren Namen gab, weist auf der Rückseite des Einbands den Neupreis von 17 Euro auf. Wir sind der Meinung mit Abnahme zur Hälfte des ursprünglichen Preises dem Meister einen großen gefallen zu erweisen. Weit gefehlt. Erstaunt vernehmen wir, dieses Büchlein sei eine überlebende Kostbarkeit, ein Schnäppchen geradezu, bedenke man, was es schon alles mitgemacht habe. Und im Übrigen sei es das einzige deutschsprachige Exemplar, welches er noch in seinem Laden habe, und 17 Euro sei das Mindeste, was wir dafür hinzublättern hätten. Unseren Einwand, dass wir diesen Reiseführer in jeder Buchhandlung für diesen Preis ohne die Spuren seines Überlebenskampfes erwerben könnten, lässt ihn nur unwillig die Lippen schürzen. 17 Euro, basta.

Da lassen wir das Büchlein in die Gesellschaft seiner Leidensgenossen zurückfallen und verlassen kopfschüttelnd das Lokal, diesmal durch den Hintereingang. Zwischen einem rostigen Gartentischchen, verknäulten Versorgungskabeln und einem Feuerlöscher, der als Türstopper dient, stolpern wir ins Freie. In den maroden Gittern, die ein kleines verdrecktes Fenster sichern, klemmt eine weiße Maske und starrt uns aus leeren Augenhöhlen nach.

»Hier lebt keiner, der Bücher liebt«. Diesem abschließenden Kommentar meines Schwagers weiß ich nichts mehr hinzuzufügen.

Mori

Am Fondamente dei Mori, vor der Kirche Madonna d'ell Orto und versetzt hinter dem Wohnhaus Tintorettos, liegt der Palazzo Mastelli. Zur Kanalseite hin zeigt seine großartige Fassade ein Relief, auf dem ein Mann mit Turban dargestellt ist, der ein Kamel führt. Zum Campo hin sind in Augenhöhe drei weitere Statuen eingelassen, die ebenfalls einen Turban tragen und davon zeugen, dass hier eine Familie gelebt hat, die ihren Reichtum dem Orienthandel verdankte.

Die drei Statuen zeigen die Brüder Rioba, Sandi und Alfani, die 1113 aus Morea in Griechenland nach Venedig einwanderten. Da bereits zur damaligen Zeit den Venezianern genaue Bezeichnungen als Verschwendung geistiger Ressourcen erschienen, lebten bald drei »Mori« in diesem Palazzo, was irgendwann zu dem Missverständnis führte, es handele sich hierbei um drei »Mohren«. Demselben Irrtum, dem auch Shakespeare unterlag, als er die Figur des Othello schuf.

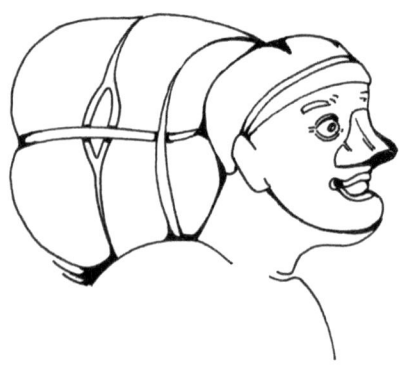

Eine weitere Statue ist an der Hausecke des Palazzo angebracht. Sie wird von keinem Kamel begleitet und trägt statt eines Turbans eine Art Kappe. Dafür besitzt sie eine auffallend große

Nase aus Eisen und trägt einen Ballen mit der Aufschrift »Sior Antonio Rioba«. Für mich sieht sie aus wie ein Lastträger, der Handelsware, die mit dem Eigentümer »Rioba« ausgewiesen ist, vom Hafen zum Haus oder vom Haus zu einem Kunden schleppt. Sein Gesichtsausdruck lässt darauf schließen, dass er durchaus in der Lage ist, diese Ware zu verteidigen. Aber kurioserweise sieht er auch aus wie eine alte Klatschtante. Dies entspräche seiner früheren Bestimmung als »Pasquino di Venezia«. Unzufriedene Bürger konnten an ihm anonym Spottverse über die Machthaber der Stadt anbringen. Die spitze Nase wurde dabei so lange in Mitleidenschaft gezogen, dass sie schließlich abbrach und durch eine eiserne Nachbildung ersetzt wurde.

»Pasquino di Roma« und »Il Gobbo« in angeregter Unterhaltung

»Sior Antonio« war in dieser Funktion nicht allein. Sein Bundesgenosse ist der »Gobbo di Rialto«, ein nackter Mann, der mit seinem gekrümmten Rücken eine kleine Treppe stützt, die in alter Zeit dazu diente, ein Podest zu besteigen, von dem herab amtliche Mitteilungen verlesen wurden. Auch kleinere Missetaten wurden hier bestraft, indem man die Delinquenten erst nackt durch die Straßen trieb, um sie anschließend vor Gobbo knien zu lassen. Waren sie bereit, ihn zu küssen, war die Strafe vergolten. Gobbo seinerseits soll in Kontakt gestanden haben mit dem »Pasquino« von Rom, dem Ur-Pasquino sozusagen, einer männlichen Statue, der im Laufe der Zeit Arme und Beine abhanden gekommen waren, deren Mundwerk aber weiterhin funktionierte. In satirischer Weise sollen die beiden sich über die Republik Venedig, den Papst, und die Vorfahren von Silvio Berlusconi ausgetauscht haben. Inwieweit sich »Sior Antonio« in diese Gespräche eingeklinkt hat, ist nicht überliefert.

La Tintoretta

Im Viertel Cannaregio, am Fondamente dei Mori, liegt das Geburts- und Wohnhaus des Malers Jacobo Robusti. Als Sohn eines Färbers geboren, wurde er »Tintoretto«, kleiner Färber, genannt. Und unter diesem Namen sollte er weltberühmt werden.

Tintoretto ist, im Gegensatz zu Tizian, nie aus Venedig hinausgekommen. Er war bodenständig, fleißig, bescheiden und sehr gläubig. Auch als angesehener Maler, dessen Werke weit über die Landesgrenzen Bewunderung fanden, hielt er es nicht für angemessen, sein kleines, enges Geburtshaus zu verlassen. Bis zu seinem Tod lebte er dort mit Frau und seinen sieben Kindern. Nun, alle Welt, könnte man großzügig behaupten, weiß, wer Tintoretto war. Wer aber war »La Tintoretta«?

Marietta Robusti, die Tochter des Malers Jacobo Robusti, zeigte bereits als kleines Mädchen, dass sie die Begabung ihres Vaters geerbt hatte. Der stolze Papa ermöglichte ihr daher nicht nur die für Damen übliche Ausbildung in Musik, Handarbeiten und Konversation, sondern sorgte auch dafür, dass sie in Malerei umfassend unterrichtet wurde, was oft unkonventionelle Maßnahmen erforderte. So steckte er sie in Jungenkleidung, um ihr den Zutritt zu den angesagten Ateliers und Scuolen zu ermöglichen, die für Frauen tabu waren. Eine für damalige Verhältnisse spektakuläre emanzipatorische Erziehung!

Sie enttäuschte ihn nicht. Bereits mit 14 Jahren portraitierte sie einen bekannten venezianischen Kunsthändler. Es folgten Portraits einflussreicher Persönlichkeiten wie Maximilian II., König Philipp II. von Spanien und Erzherzog Ferdinand. Ihr Ruhm und ihr Ansehen waren bald über die Grenzen des Landes hinaus bekannt, und man nannte sie ehrfürchtig »La Tintoretta« in Anlehnung an ihren berühmten Vater.

Leider hat sie nicht viele Werke hinterlassen. Und die wenigen wurden lange Zeit anderen Meistern zugeschrieben, was der

»patriarchalischen Blindheit« und dem »männlichen Überlegenheitsanspruch« der Geschichtsschreibung zu verdanken ist. Marietta hat erst spät geheiratet. Dem eifersüchtigen Vater war endlich ein Goldschmied gut genug, aber nur unter der Bedingung, dass das Paar seinen Wohnsitz im elterlichen Hause nahm. Auf die Arbeitsleistung seiner Tochter wollte er keinesfalls verzichten. Mit 35 Jahren stirbt sie, ganz plötzlich. Woran? Die Quellen verraten es nicht. Tatsache ist, gestorben wurde schnell in jener Zeit. Die Geburt eines Kindes, die gefürchtete »Seitenkrankheit«, eine Blutvergiftung. Die Schwelle zwischen Leben und Tod war deutlich niedriger als heute. Der Vater soll untröstlich gewesen sein und sein Leben lang nicht darüber hinwegkommen. In der Kirche Madonna d`ell Orto finden beide ihre letzte Ruhestätte.

In den Uffizien in Florenz hängt ein »Selbstportrait mit Spinett«. Eine selbstbewusste, junge Frau schaut mich an, mit verhaltenem Lächeln, großen dunklen Augen und einem energischen Kinn.

Bambino – Spaccone – Papagallo

Es gab eine Zeit, da hopste ein kleiner Bambino jeden Tag auf seinem morgendlichen Weg zum nahegelegenen Kindergarten die drei Stufen hinunter, die von der Ponte del Christo zu unserer Haustür führen. Dort betätigte er mit lautem Geschepper den Türklopfer und krähte dabei zufrieden: »E casa, e casa!« Das Gleiche wiederholte sich am späten Nachmittag auf seinem Nachhauseweg.

Der kleine Kerl besuchte den Kindergarten erst seit kurzer Zeit, und auf seinen anfänglichen Wegen war ihm unser Türklopfer in Form eines Löwenmauls aufgefallen. Dieses Tier flößte ihm einen Heidenrespekt ein, und jedes Mal, wenn er es erblickte, wandte er sich an seine Mama mit immer denselben Fragen. Ob das Tier denn echt sei? Womöglich beiße? Und ob denn hinter dieser Löwentür der eigentliche, viel größere Löwe wohne? No, no, beruhigte ihn jedes Mal die Mama, nur ein ganz gewöhnlicher Türklopfer sei das, an einer gewöhnlichen Haustür, hinter der ganz gewöhnliche Leute wohnten. Eines Tages fasste sich der Kleine ein Herz, ergriff den Ring, der dem Löwen aus dem Maul ragte, und schepperte so fest er konnte. Uns störte er nicht. Im Gegenteil, wir erwarteten ihn schon. Als wir uns aber endlich entschlossen, der Geschichte eine, wie wir hofften, freudig überraschende Wendung zu geben, indem wir nach erfolgtem Klopfen die Tür öffnen und einen Lutscher hinausreichen wollten, kam er nicht mehr.

Spaccone, der zweite Name dieses Angebers, könnte Bellimbusto, Dummkopf, lauten, so verhaftet war er in der Präsentation seiner »bella figura« auf seinem sehr breiten, sehr weißen, sehr chromblitzenden Boot, dessen Vordeck von einem so mächtigen, rosa getönten Spritzschutz aus Acrylglas gekrönt wurde, dass er bei der Durchfahrt unter der kleinen Brücke, die zu Nicolajs Sportgeschäft führt, viel zu spät erkannte, dass die einsetzende Flut und sein stylisch ausuferndes Boot mit der bereits verengten Brückendurchfahrt nicht mehr kompatibel waren. Jedenfalls nicht, ohne dass das schwächste Glied in der Kette ohne Schaden zu nehmen davongekommen wäre.

Von unserem Platz in der ersten Reihe am Fenster konnten wir den Verlauf des Dramas in aller Ruhe verfolgen. Mit sattem Knirschen schrammte das Boot unter die Brücke. Bis Spaccone seinen sonnenbrillenbewehrten Blick auf das Geschehen eingestellt hatte, war schon der schöne Spritzschutz dahin. Flugs kauerte er sich Deckung suchend hinter die Steuerkonsole und warf einen beschämten Rundumblick über den Rand seiner Brille. Hatte ihn etwa jemand beobachtet? Der Versuch, nun mit Hilfe eines Schraubenziehers die kläglichen Reste seiner offensichtlichen Niederlage zu entfernen, scheiterte an dessen Widerständigkeit. So blieb nichts anderes übrig, als den Rückwärtsgang einzulegen und mit dem Zeichen seiner Unfähigkeit den Heimweg anzutreten. Aber nicht, ohne sich vorher noch eine Zigarette lässig in den Mundwinkel zu hängen ...

Der Papagallo dagegen gehört mittlerweile zu einer aussterbenden Art. Vereinzelt trifft man noch auf ihn, den einstmals so genannten »Papagei«. Er ist in die Jahre gekommen und vielleicht deshalb nicht mehr so oft unterwegs. Uns erschien er als komplett in weiß gedresster alter Beau. Die einstmals stolze, pomadige Haarpracht in eine polierte Glatze verwandelt, die behaarte, braun gegrillte Brust mit Goldketten behängt und stolz zur Schau gestellt. So fährt er in seinem Boot den Canal Grande hinauf und hinunter auf der Suche nach aussichtsreichen Anlegestellen.

Anker wirft er immer da, wo ein oder mehrere Frauen an einem Tischchen sitzen und sich ihren Spritz oder ihre Pizza schmecken lassen. Sein Boot hat er mit kuscheligen Kissen und Decken ausgestattet, aus dem mitgebrachten CD–Player dröhnen die immer gleichen Uralt-Schlager. Er selbst sitzt darin wie eine dicke, alte Kröte, die darauf lauert, dass ihr eine Fliege in Reichweite gerät. Sein Blick, mit dem er sich an seiner »Beute« festsaugt, hofft auf Erwiderung.

Dieses Prachtexemplar ist bei einsetzender Dunkelheit unterwegs, wenn die Lichter am Canal Grande die Touristinnen in romantische Stimmung versetzen und gnädig sein Alter kaschieren.

Das Miraculi-Kirchlein

An einem kleinen Campiello im Sestiere Cannaregio, versteckt hinter verwinkelten Gässchen und gleichsam »um die Ecke« von unserer Wohnung im Castello, liegt die kleine Kirche Santa Maria dei Miraculi. Sie wurde Ende des 15. Jahrhunderts komplett in rosa, weißem und grauem Marmor um ein Bild der Jungfrau Maria herumgebaut, das ein reicher Venezianer zur Ausschmückung seiner Privatgemächer in Auftrag gegeben hatte. Im Laufe der Zeit wurden diesem Bild eine Reihe Wundertaten zugeschrieben, daher der Beiname »Miraculi«. In meinem Kopf allerdings beschwört dieser Name immer die Vorstellung eines Tellers Spaghetti mit Tomatensoße herauf, gepaart mit dem mütterlichen Ruf »Miraaaculi!«, dessen heller Klang die Kinder zum Essen ruft. So stiftet ein erfolgreicher Slogan sein Unheil, obwohl man nie das dazugehörige Produkt verwendet hat.

Um für das wundertätige Bild den passenden Rahmen zu schaffen, wurden ganze Häuserzeilen abgerissen, sodass die Kirche nun, einer marmornen Fregatte gleich, zwischen dem Campiello und dem Campo Maria Nova an einem kleinen Rio vor Anker gegangen ist. Wie geschaffen für romantische Hochzeiten oder ein Barockkonzert.

Die marmornen Wände waren ursprünglich hohl, wurden aber im 19. Jahrhundert im Zuge einer Renovierung und in Unkenntnis der Besonderheiten des Standorts verfüllt, sodass sich von da an das salzige Wasser des Kanals wie an einem Docht emporziehen konnte. Als in den 60er Jahren des 20. Jahrhunderts ganz Norditalien von einer Jahrhundertflut heimgesucht wurde und Venedig bis zu zwei Metern im Wasser versank, stellte man im Zuge der Hilfsmaßnahmen fest, dass jahrzehntelange Verwahrlosung und der stetige Verfall der Gebäude bedrohliche Ausmaße angenommen hatten. Durch die Absenkung der Fundamente bei gleichzeitigem Anstieg des Meeresspiegels hatten diese schwer gelitten. Unter undichten Dächern waren Gemälde und Kunstwerke Wind und Wetter ausgesetzt. Brüstungen und

Balkone drohten abzubrechen, Statuen herunterzufallen. Aufsteigendes Meerwasser zersetzte das Mauerwerk. Auch das Miraculi-Kirchlein wurde schwer mitgenommen. Noch in den 80er Jahren war es ein öl- und rußverschmierter Kasten, der Salz aus allen Poren schwitzte.

Um die Stadt und ihr kulturelles Erbe zu retten, fanden amerikanische und englische Kunstliebhaber zusammen und gründeten einen Verein, aus dem später die Organisation »Save Venice« hervorging. Die Arbeit und die daraus entstehenden Querelen der Mitglieder sind eine Geschichte für sich und sehr amüsant nachzulesen in dem Buch »Die Stadt der fallenden Engel« von John Berendt. Die Rettung des »Schatzkästleins der Renaissance«, wie das Kirchlein gerne genannt wird, ist trotz aller innerbetrieblichen Widerstände diesem Verein zu verdanken. Mit aufwändigen Verfahren wurden die einzelnen Marmorplatten abgenommen und von Öl und Salz gereinigt.

Dass man Mäzene fand, die dafür das nötige Kleingeld aufbrachten, wird wohl dem Bild zu verdanken sein, das wieder einmal ein Wunder bewirkt hat. Diesmal in eigener Sache.

Der Kiosk

Jeden Morgen führt mein erster Weg zum Kiosk am Campo SS. Apostoli. Mit seinem Kuppeldach erinnert er an seine Ahnen aus dem Osmanischen Reich und die Auswahl an Tages- und Wochenzeitungen ist ähnlich märchenhaft. Hier finde ich auch deutsche Zeitungen und Magazine, was nicht selbstverständlich ist in dieser Stadt. So kann ich mich auch in Venedig meinem »Zeit-Rätsel« widmen, bei dem es darauf ankommt, »um die Ecke zu denken«. Man könnte glauben, in einer Stadt, wo man alle Nase lang um eine Ecke biegen muss, fiele das leichter. Mir bisher nicht.

Der morgendliche Weg dahin vermittelt mir inzwischen eine Art Heimatgefühl. Trotz des Gewusels der Menschen, der Waren, die durch enge Gassen gekarrt werden und deren Erscheinungsbild sich jeden Tag aufs Neue formiert und ändert, gibt es die immer gleichen, wiederkehrenden Fluchtpunkte für Auge und Gemüt, die stetigen Anker, die das Gefühl der Verbundenheit entstehen lassen.

Kaum aus der Haustür hinaus und über die Ponte del Christo hinüber, begrüßt mich schon der Papagei. Seit einem Jahr wohnt er im dritten Stock des schräg gegenüberliegenden Hauses zusammen mit einer alten Dame, die man jedoch nur selten zu Gesicht bekommt. Vielleicht machen ihr die Beine zu schaffen oder der Rücken oder beides. Jedenfalls hängt des Öfteren ein Einkaufsbeutel gefüllt mit Lebensmitteln am Knauf ihrer Haustür, besorgt von hilfsbereiten Mitmenschen.

Sobald die ersten dunstigen Strahlen des morgendlichen Lichts über die Dächer der Häuser wandern und sich in den höher gelegenen Fenstern spiegeln, während zwischen den Häuserschluchten noch tiefe Schatten hängen, äugt der Papagei aus seinem Käfig am offenen Fenster hinunter auf den Rio, die Calle und die kleine Brücke, wo die Menschen bereits eilends ihren

Tagesgeschäften nachgehen. Jedes Geräusch, das von unten zu ihm hinaufdringt, ein Lachen, Singen, Handygeklingel, die lauten Rufe der Bootsführer, registriert er als direkte Anfrage, der er umgehend nachkommen muss, indem er auf unterschiedlichste Weise zurückpfeift. Im Laufe der Zeit hat er sich auf die Art eine beträchtliche Sammlung an Pfeiftönen zugelegt, die nun die Alltagsgeräusche durchdringend begleiten. Gegen Mittag legt er erschöpft eine Pause ein, um danach gestärkt in den Nachmittag zu starten. Gänzliche Ruhe findet er nur bei schlechtem Wetter, wenn die Fenster geschlossen sind.

Auf dem Campo Maria Nova, wo sich des Nachmittags müde gelaufene Touristen und einheimische Rentner auf den Bänken im Schatten der Bäume niederlassen, öffnet der Buchhändler seinen winzigen Laden, in dem sich gebrauchte Bücher bis zur Decke stapeln. Mühsam schleppt er schwere Kartons, randvoll angefüllt mit Schriftwerken aller Art in französischer, italienischer, englischer und deutscher Sprache, nach draußen, wo sie für den Rest des Tages unter einer kleinen Markise auf Käufer warten. Beim Stöbern entdecke ich einige der Bücher, die ich ihm vor ein paar Tagen vorbeigebracht habe, und die er nun für ein paar Euro anbietet. Der Gondoliere hat es sich auf seinem Stühlchen bequem gemacht und studiert die Schlagzeilen der Tageszeitung, während die Morgensonne schon über das Dach der Miraculi-Kirche lugt und die vergoldeten Schnitzereien und das Ferrum seiner Gondel aufblitzen lässt.

Ich überquere den Campo und biege, vorbei am Ristorante »Antico Gatoleto« in die Calle del Spezier ein. Im »Antico Gatoleto« kann man uns hin und wieder beobachten, wie wir uns den köstlichen Fisch schmecken lassen, der dort angeboten wird. In der Calle del Spezier, in alten Zeiten das Reich der Gewürzhändler, liegen heute Venenstrümpfe und Hüftgürtel in der Auslage des kleinen Sanitätsfachgeschäfts, flankiert von einer Apotheke und einem Laden mit dem üblichen Touristen-Blingbling. Die Calle mündet in den Campo »Bruno Crovato«, benannt nach einem Freiheitskämpfer, der 1944 von den Faschisten ermordet wurde.

Rechter Hand die Enoteca und Cioccolateria »Dolceamare«, in der man sich in kalten Wintermonaten mit heißer Schokolade wärmen kann, erblicke ich erwartungsgemäß vor mir Claudio, den alten Mann mit Hund. Mit der üblichen vorwurfsvollen Miene sitzt er an einem Tischchen vor der Osteria, den sorgfältig gebürsteten Collie dösend zu seinen Füßen. Welches Schicksal bewegt ihn nur, den größten Teil des Tages auf diese Weise zu verbringen? Manchmal hat sich ein Gesprächspartner dazu gesellt, und ich vernehme im Vorbeigehen klagende, vernuschelte Worte, die sich in einer endlosen Kette aneinanderreihen, hin und wieder unterstützt durch verständiges Nicken seines Gegenübers.

Vorbei an ihm und seinem Schicksal führt mich mein Weg in die Calle Salizada S. Canzian. Die offene Auslage des Gemüseladens ist bereits dicht umringt von Kaufwilligen, der Haushaltswarenladen daneben noch geschlossen. In der Enoteca sitzt man bei Espresso und dem neuesten Klatsch, und die junge Chinesin aus dem Lederwarenladen hat sich, bewaffnet mit Feudel und Putzeimer, daran gemacht, die Hinterlassenschaften der zahlreichen Hunde zu entfernen, die unbeaufsichtigt im Morgengrauen vor die Tür gelassen werden. Mittlerweile verteilen sich diese Lederwarengeschäfte, deren Angebot sich gleicht wie ein Ei dem anderen über die ganze Stadt, fest im Besitz chinesischer Großfamilien.

Aus der Bäckerei an der Ecke weht mir der Duft frischer Hörnchen entgegen. Hier komme ich während der Karnevalszeit nie vorbei, ohne mir nicht ein oder zwei der köstlichen, mit Crema gefüllten Fritelle zu gönnen. Dann bin ich auch schon an dem kleinen Geschäft, das Messer, Feilen und Scheren anbietet. Seit dem 19. Jahrhundert befindet es sich in Familienbesitz, wie mir die alte Dame hinter der Ladentheke einmal stolz erzählte, während sie mir dabei half, eine »wirklich gute« Pinzette auszuwählen, um der wachsenden Zahl meiner lästigen Kinnhaare Herr zu werden, wie ich ihr flüsternd anvertraut hatte. Ihr verständnisvolles, mitfühlendes Lächeln machte uns für kurze Zeit zu Verbündeten. Auf dem Campiello Flamino Corner geht es links über eine kleine Brücke Richtung Rialto. Ich halte mich rechts und erreiche nach wenigen Schritten den Campiello Ricardo Selvatico, wo sich Gelegenheit für das erste Highlight des Tages bietet, in Form eines frisch gepressten Fruchtsafts von »Frulala«.

Riccardo Selvatico, Bürgermeister von Venedig in den Jahren 1890 bis 1895, war ein sehr fortschrittlicher Mann, der sich nicht nur um politische und soziale Belange kümmerte wie die Reform des Schulsystems, den Bau von preiswerten und »gesunden« Wohnungen oder darum, für Frauen den Zugang zu Bildung und Ausbildung zu erleichtern, sondern er gehörte auch zu dem Kreis der Künstler und Intellektuellen, die die Biennale ins Leben riefen, wofür man ihm eine Herme in den Gärten der Biennale-Insel gestiftet hat. Vor seiner Amtsübernahme hatte er sich als Dichter und Komödienschreiber hervorgetan, eine Tätigkeit, die ihn in meinen Augen dafür qualifizierte, der Sisyphusarbeit in dieser Stadt gerecht zu werden, ohne an Erschöpfung zu Grunde zu gehen. Der Gegenwind der Klerikal-Konservativen wird heftig geweht haben.

Durch den Sottoportego Falier unter dem gleichnamigen Palazzo, der heute ein Hotel beherbergt, sind es nur noch ein paar Schritte über die Brücke hinauf und hinunter zum Campo SS. Apostoli. Rechter Hand die Pizzeria »Kebab«, in der ein freundlicher Inder den Teig ausrollt. Sein Handwerk hat er in Frankfurt gelernt, und zwar sehr gut, wie man feststellen kann, wenn man sich auf eine »Quadro Stagioni« einlässt. Links befindet sich die ehemalige Scuola d'ell Angelo Custode, in der die evangelisch-lutherische Gemeinde ihre Gottesdienste abhält. Hin und wieder wird nach dem Sonntagsgottesdienst ein anschließendes gemeinsames Frühstück angeboten, in dessen Verlauf man sich die wechselvolle Geschichte dieser ältesten Gemeinde innerhalb Italiens erzählen lassen kann. Der unverkennbar österreichische Zungenschlag, der in die Jahre gekommenen Mitglieder lässt dabei alte K.u.K.-Seligkeit wieder auferstehen, zumindest in meinem Kopf. Die aber ist glücklicherweise ebenfalls Geschichte.

Von Martin Luther soll es einen Brief geben, in dem dieser seine Freude darüber ausdrückt, dass seine reformierte Lehre nun auch im Kernland des Papsttums angekommen sei. Wobei erwähnt werden sollte, dass Venedig nie »papsttreu« war, weil es in dieser, von einer selbstbewussten Bürgerschaft geprägten Stadt immer zuerst um Handel und Geschäfte und die damit verbundene Freiheit und Freizügigkeit ging. So konnte diese Glaubensgemeinschaft im Schutz des Fondaco Tedeschi, des deutschen Handelshauses, auch die Zeiten der Inquisition relativ gut überstehen. Für die italienischen Anhänger dieses »Ketzerglaubens« galt dies leider nicht. Sie wurden Opfer der Verfolgung und fleißig in der Lagune versenkt. Auch unter der Fuchtel der Habsburger war das Leben nicht leicht, und erst mit der Befreiung Italiens durften auch die Evangelischen aufatmen. Heute zählt die Gemeinde nur noch wenige, zumeist ältere Mitglieder, und hätten Bertl und ich unsere Kirchen nicht schon vor Jahren verlassen, wir wären freudig mit eingestiegen!

Am Ziel meines Begehrens haben sich die üblichen alten Männer versammelt, die den Kauf der Tageszeitung für den Austausch der neuesten Klatschgeschichten nutzen. Gäbe es hier eine Bank, sie gingen den ganzen Tag nicht mehr nach Hause. Zufrieden nehme ich meine neuesten Nachrichten in verständlicher Sprache in Empfang und mache mich auf den Heimweg. Wie schön, dass dort schon der Kaffee auf mich wartet!

Ponte delle Tette

Am äußeren Ende von Rialto, in Richtung S. Polo, von Castello aus gesehen, besaß im 14. Jahrhundert eine Familie namens Tetta ein Haus. Heute heißen sowohl die Fondamente als auch Kanal und Brücke »delle Tette«.

Im 15. Jahrhundert beschloss die Obrigkeit von Venedig, die Huren und Kurtisanen in dieses Viertel zu verweisen, um die »anständigen« Wohnviertel der Stadt frei zu halten von der immer weiter ausufernden Prostitution, einem Geschäftszweig, der sich einträglich gestalten konnte in einer Hafenstadt mit den weitreichendsten Handelsverbindungen in der damaligen Welt. Obwohl als moralisch verwerflich angesehen, erschien der Obrigkeit von Venedig die Tätigkeit dieser Damen als »unverzichtbar für die Erhaltung der Familiengesundheit«, was angesichts der Ausbreitung von Syphilis und anderer Geschlechtskrankheiten nicht ganz nachvollziehbar ist. Auch wurde den Damen erlaubt, in der Umgebung von Fondamente, Calle und Ponte delle Tette mit entblößtem Busen Kunden anzulocken. Man muss nicht lange rätseln, worauf der Begriff »Titten« auf besagte Körperteile zurückzuführen ist.

In späteren Zeiten war es dann nicht mehr möglich, den Aufenthaltsort der Damen derart zu begrenzen. Die Erinnerung daran lebt aber bis heute fort, wie ich anlässlich eines Rundgangs durch S. Polo feststellen konnte. Auf dem Platz neben der Frarikirche hatte ein Maler Stellung bezogen und bot eine Reihe farbiger Aquarelle sowie Tuschezeichnungen an, die allesamt Ansichten der Stadt Venedig zeigten. Als ich neugierig näher trat, wies er augenzwinkernd auf eine Zeichnung mit der Darstellung eines Kanals – oder Rios, wie es richtiger heißt – und zweier Brücken, die darüber führten. Die erste Brücke war aus kunstvoll gearbeiteten, schmiedeeisernen Bögen gefertigt und führte in der Höhe des ersten Stockwerks von einem Haus in das gegenüberliegende, war also der Allgemeinheit nicht zugänglich. Die zweite Brücke überquerte den Rio. Der Maler deutete mit einem farbverkleckten Finger zuerst auf sie, dann auf meine Brüste und raunte lächelnd: »Ponte delle Titten.« Unangenehm berührt wollte ich mich abwenden, aber er versuchte nun mit magerem Englisch und Händen und Füssen mir zu erklären, was es mit dieser Brücke auf sich hatte. Wieder versöhnt erwarb ich schließlich eine entsprechende Zeichnung für 15 Euro. Und während wir unseren Rundgang fortsetzten, ließ mich die Vorstellung, wie über das eiserne Geländer die blanken Busen baumelten, während von unten die potenziellen Kunden die Preise verhandelten, eine geraume Weile nicht mehr los.

Wir erreichten die Ponte dei Pugni, die Brücke der Fäuste. Auch sie ist verknüpft mit Geschehnissen längst vergangener Tage. Die Umrisse der Fußsohlen, die für die zwei besten Kämpfer an der Spitze ihrer jeweiligen Mannschaft die Startposition festlegten, sind auch heute noch deutlich zu sehen. Hier droschen über lange Zeit die »Castellani«, die Vertreter des Viertels Castello, auf die »Nicoletti« ein, die ihre Heimat im Hafenviertel um die Kirche Nicolo dei Mendicoli hatten. Diese Art der Auseinandersetzungen zwischen Bewohnern verschiedener Stadtteile hatte eine lange Tradition, und es ging dabei nicht zimperlich zu. Man kämpfte mit allem, was taugte, Stangen, Knüppel, und später auch mit Messern, was letztlich dazu führte, dass derartige Wettkämpfe verboten wurden. Die Zuschauer hingen in den Fenstern der umliegenden Häuser und befeuerten die Kämpfenden mit Geschrei und dem einen oder anderen Haushaltsgegenstand, den sie auf die Köpfe der Gegner warfen. Ein Großteil der wackeren Kombattanten landete im Wasser des Rio Barnaba, denn die Brücken hatten zu der Zeit noch keine Geländer.

Neben der Ponte dei Pugni liegt eines der letzten Gemüseboote vor Anker, die es in Venedig noch gibt. Auf dem Campo Barnaba ein paar Schritte weiter hatten sich einige Flohmarktstände aufgebaut. Langsam schlenderten wir an goldgeränderten, mit Rosen bemalten Tassen und Tellern vorbei, an Vasen und Schalen aus »echtem Muranoglas«, an Kerzenleuchtern aus billigem Messing und fusseligen Pelzjäckchen.

Zwischen alten, verblichenen Postkarten entdeckten wir einige kleine Blechschilder, wie sie in den zwanziger Jahren des letzten Jahrhunderts als Werbebotschaften in Gebrauch waren. Genau besehen, wurden die Dienste einer Dame namens »La Rossa« angeboten, die in einem »Casa di Tolleranza« auf den Besuch des geneigten Kunden wartete, und zwar für »semplice Lira 2« oder »per ogni Quarto d`Ora in Camera« für Lira 5. Im Kleingedruckten wurde darauf hingewiesen, dass im Voraus zu zahlen sei, und zwar bei Madame Nilde.

Dieser Tag hatte sein Thema gefunden.

Die »Frari«

Neben der Dominikanerkirche »Zanipolo« ist die Franziska-
nerkirche »Frari«, genauer Santa Maria Gloriosa dei Frari,
eine der bedeutendsten gotischen Kirchen Venedigs. Die Brüder
(frari) hatten sich Anfang des 13. Jahrhunderts neben ihren bestehenden Klostergebäuden einen Kirchenneubau gegönnt, dessen Fassade dann im 15. Jahrhundert endlich fertiggestellt wurde
(eine Bauzeit, die dem Berliner Flughafen als Steilvorlage diente).

Der Zulauf zu den Predigten der Mönche war so groß geworden, dass die ältere, kleinere Kirche, die zuvor an diesem Platz
gestanden hatte, nicht mehr ausreichte. Die Ausgestaltung der
neuen Kirche sowie der Klostergebäude mit ihrem prunkvollen
Innenhof, dessen bombastische Engelsfiguren nebst einem riesigen Brunnen auf einer Empore stehen, die man nur mit Hilfe
ebenso überdimensionierter Stufen erklimmen kann, sollen den
Normalsterblichen vielleicht daran erinnern, wie klein er ist im
Angesichts Gottes. Für mich sind sie nur eine Zurschaustellung
von Macht, Reichtum und Einfluss und erinnern somit in keinster Weise mehr an den heiligen Franziskus, der barfuß und in
härene Gewänder gekleidet durch Wald und Feld gestreift und
mit den Tieren gesprochen haben soll.

In der Kirche sind, wie in fast allen Kirchen dieser Stadt,
großartige Künstler mit ihren Werken vertreten. Neben Tizian,
Bellini, Campagna und Veneziano, um nur einige zu nennen,
gibt es von Donatello die Statue »Johannes der Täufer« zu sehen.
Für mich ebenso beeindruckend wie die der »Maria Magdalena«
in Florenz, und Beweis für den weit über seine Zeit hinauswei-
senden Expressionismus dieses genialen Künstlers. Tizians »As-
sunta«, ein Gemälde, das die Himmelfahrt Marias darstellt und
über dem Altar schwebt in gewaltiger Größe, soll Richard Wag-
ner zu seiner Oper »Die Meistersinger von Nürnberg« inspiriert
haben. Dieser Zusammenhang erschließt sich mir leider nicht.

Auch habe ich nicht den Eindruck, dass Maria überhaupt in dieses patriarchalisch durchregierte Himmelsgewölbe will, balancierend auf einer Wolke, mit abwehrend erhobenen Armen und ängstlich geweiteten Augen, die nach oben blicken auf einen dunklen, wilden »Gottvater«, der, mühsam gehalten von zwei Engeln, auf einer Wolke in Schräglage auf sie herabkippt, während kleine Putti alles daran setzen, Marias Wolke nach oben zu schieben. Das Armgefuchtel der Apostel im unteren Bildrand mag man lesen wie man will. Vielleicht wollen sie sie ja am Mantelzipfel festhalten, vielleicht wollen sie mit hinauf, vielleicht stehen sie bereit, um sie aufzufangen, falls sie doch noch herunterpurzelt, vielleicht winken sie auch nur zum Abschied?

In den Mauern der Seitenschiffe sind die Sarkophage und Grabmäler etlicher Dogen, Bischöfe und des einen oder anderen Generals und Admirals eingelassen. Prunkvoll ausgeschmückt kleben sie in beträchtlicher Höhe wie Schwalbennester an den Wänden. Es scheint, als wollten sich ihre Insassen noch über den Tod hinaus gegenseitig übertrumpfen. Mit einer Ausnahme: Am Ende des rechten Seitenschiffes, da wo sich seine Wand zum Altarraum hin öffnet, hängt, einem baufälligen Häuschen am Rand einer Klippe gleich, ein einfacher Holzsarg. Wie mag es dem Verblichenen wohl ergehen in seinem vergleichsweise schäbigen Verschlag? Tochter Clara, in jungen Jahren der »Gruftiszene« zugewandt und daher kompetent in allen diesbezüglichen Belangen, findet eine Lösung, die uns beruhigt entlässt:

Der Geist, der in dieser zugigen Behausung bis zum Jüngsten Gericht ausharren sollte, während seinen Nachbarn in ihren prunkvollen Residenzen ein ungleich kommoderes Dasein beschert ist, hat sich über diese Ungerechtigkeit derart erbost, dass er, nach jahrelangem Herumwälzen auf harten Holzbrettern, seinen unbequemen Aufenthaltsort verlassen und sich auf der Suche nach angemessener Ruhestätte in dem darunter befindlichen Beichtstuhl eingerichtet hat. Dort verdämmert er nun zufrieden hinter Samtvorhängen und prachtvoll geschnitzten Ranken und Rosen in Gesellschaft ebenso prächtig gestalteter Putti seine verbliebene Frist. An stillen Tagen vermeint man ein behagliches Seufzen zu vernehmen, während sich die Samtvorhänge leise blähen …

Santa Maria del Giglio

(Santa Maria Zobenigo)

Da gab es vor langer Zeit eine Familie mit Namen Jubanico, der im venezianischen Dialekt zu Zobenigo mutierte. In der Gegend der heutigen Kirche bewohnte diese Familie einen prächtigen Palast, und weil sie über ein ordentliches Vermögen verfügten, stifteten sie eine erkleckliche Summe zum Bau einer schönen byzantinischen Basilika.

Es vergingen die Jahre, da betrat Signore Antonio Barbaro die Bühne. Es war die Zeit des beginnenden Untergangs der mächtigen Handelsmetropole Venedig. Die Stadt befand sich im Krieg mit Zypern, und Antonio Barbaro bekleidete das Amt eines »Capitan del Mar.« Leider war eine seiner vorherrschenden Charaktereigenschaften die Feigheit, womit er für diesen Beruf die völlige Fehlbesetzung darstellte, was ihn aber nicht daran hinderte, seine angeblich tapferen Taten in Form pompöser barocker Darstellungen in der Außenfassade jener Kirche festzuklopfen. Das Geld für die dabei notwendige Neu- und Umgestaltung vermachte er der Stadt, die nichts Eiligeres zu tun hatte, als für die Barbaros eine Art Familienalbum in Form einer Kirchenfassade zu gestalten. Ruhmreiche Seeschlachten werden dort geschlagen und edelste Gesinnung unterstellt. Dummerweise hat besagter Capitan an keiner dieser Seeschlachten teilgenommen, da er zuvor wegen Feigheit und Unfähigkeit entlassen wurde. Wiedergeboren in der Figur des Kapitäns der »Costa Concordia« hätte er somit sein Karma in keinster Weise verbessert.

Für die ärgerliche Angeberei der Fassade entschädigen die Kunstwerke im Innenraum. Tintoretto ist unter anderem mit zwei beeindruckenden Darstellungen der vier Evangelisten vertreten. Jeweils zwei von ihnen sind rechts und links des Altars damit beschäftigt, die Vita Jesu aufzuschreiben. Eine durchaus knifflige und schweißtreibende Aufgabe, wie man an den dramatischen Wolkenformationen, den wehenden Tuniken und Schärpen, den gerunzelten Brauen und angespannten Gesichtsmuskeln erkennen kann. Einer der vier zeigt dabei Bein. Ein ausgesprochen schön geformtes, rasiertes, muskulöses Männerbein. Liebevoll ausgemalt und sorgfältig ausgeleuchtet. Was will uns Tintoretto damit nur sagen?

In der Kapelle Molin, rechts neben dem Eingang gelegen, erwartet den Besucher ein erquickendes Kunsterlebnis, die Darstellung der »Maria mit Kind« von P. P. Rubens. Da sitzt eine junge Mutter, drall und rosig überhaucht die zarte Haut, das Profil eher ein Meisje denn eine Madonna. Auf ihrem Schoß räkelt sich Kleinkind Jesus, satt und wohlgenährt, wie uns der blanke Busen der Mutter und seine speckigen Ärmchen mitteilen. Johannes, etwas älter, aber noch rundlich, drückt sich an die beiden. Auch ein Schaf hat sich noch dazwischengedrängelt und stupst seine feuchte Nase in die kleine dicke Hand von Jesus. Der hat sein lachendes, strahlendes Gesichtchen seiner Mutter zugewandt, und wenn es nicht so kitschig wäre, könnte man sagen: Hier schwimmen alle im Glück.

Welch ein Unterschied zu den steifen, religiösen Darstellungen an den Wänden ringsum! Nach längerer Betrachtung derselben stellt sich unfreiwillig Komik ein. Da marschiert Jesus mit einigen Jüngern über eine Landstraße und trifft auf eine Beerdigungsprozession. Der Tote, reichlich blass um die Nase, erhebt sich halb aus seinem Sarg und reicht Jesus die schlaffe Hand, die dieser in leicht geneigter Haltung höflich ergreift. Mimik und Gestik der dargestellten Personen verleiten uns dazu, folgenden Dialog zusammenzureimen:

Jesus: »Oh, hallo! Wie isset?«

Toter: »Naja, ging schon besser …«

Jesus: »Hmm.«

Toter: »Ach, schon okay. War schön, dass wir uns mal getroffen haben.«

Jesus: »Keine Ursache. Bis denne, mein Lieber. Man sieht sich.«

Heilige

(Ein-/Vielfalt auf dem »harten Rücken«)

Dorsoduro, der »harte Rücken«, bezeichnet ein Sestiere, das sich auf felsigem Untergrund im Süden von Venedig erstreckt und zu dem auch die Inseln Giudecca, Sacca Fisola und Sacca San Biagio gehören. Dorsoduro besteht genaugenommen aus einer Vielzahl von kleinen Inseln, die durch Kanäle miteinander verbunden sind und im Osten mit der Dogana (der ehemaligen Zollstation, die heute ein Museum beherbergt) und der prachtvollen Salutekirche beginnen und im Westen mit dem Hafengebiet auf Santa Marta enden.

Kreuz und quer verlaufen die Kanäle, vom Canal Grande im nördlichen Teil bis hinunter zum Giudecca Kanal im Süden, an dessen Ufer sich die Zattere erstrecken – in früheren Zeiten der Holzumschlagplatz der Stadt, heute eine schöne Promenade mit wunderbarem Blick auf die Giudecca. Sehr zu empfehlen, wenn man sich dazu ein Eis bei Nico unter dem Sonnenschirm gönnt.

Im nördlichen Teil, am Canal Grande, reihen sich prächtige Paläste und Museen, wie die Guggenheim Foundation, Ca`Rezzonico und die Accademia. Ebenso Ca`Foscari, dessen wunderschöne Fassade in venezianischer Gotik sich fotogen im Wasser des Canal Grande spiegelt und der heute die größte Universität Venedigs beherbergt. Etwa 20000 Studenten tummeln sich hier im Jahr zwischen Wirtschaftswissenschaften, Fremdsprachen und Umwelttechnologie.

Im Osten, auf dem Gebiet zwischen Accademia und Zattere, liegt ein exklusives Wohngebiet. Die Heimstatt der Betuchten und der hochpreisigen Geschäfte. Auch viele Juweliere haben sich hier niedergelassen.

Je weiter man in den Westen kommt, desto schlichter und ruhiger wird es, bis man das Hafenviertel erreicht, dem auch heute noch anzusehen ist, dass hier einmal die wirklich armen Leute gelebt haben, die Tagelöhner und Lastträger, die Fischer, Gerber und einfachen Handwerker. Heute findet man in den Gassen kleine Kunstläden und Galerien, Studentenkneipen und preiswerte Osterien, zugeschnitten auf das junge studierende Publikum der umliegenden Universitätsgebäude.

Unweit des Frachthafens liegt eine kleine Kirche, die San Nicolo dei Mendicoli. Erbaut irgendwann im 12. Jahrhundert auf älteren Fundamenten, die auf das 7. Jahrhundert datiert werden, war sie, wie der Name sagt, die Kirche der »Bettler«, der kleinen Leute. Geweiht wurde sie dem heiligen Nikolaus, meinem Lieblingsheiligen, der das Privileg hat, sich auf eine historische Figur beziehen zu können. Als Bischof von Myra in Kleinasien soll er freigiebig den Armen gespendet haben. Ihm diese Kirche zu weihen ist daher nur konsequent. Auch heute noch wird er jedes Jahr von vielen Kindern mit Bangen und Hoffen erwartet, wenn er die Süßigkeiten verteilen soll, die zuvor von den Eltern gekauft wurden. Die Eltern dagegen hoffen, dass er die Ermahnungen ausspricht, die ihrerseits schon lange nicht mehr fruchten. Bei der Gelegenheit hat er sich als Student im Nikolauskostüm verkleidet, was man an den Turnschuhen erkennen kann, die unter dem Saum seines Mantels hervorschauen.

Mir persönlich gefällt am besten das Wunder der »Wiederbelebung« zweier Studenten, deren trauriges Schicksal es war, von ihrem Wirt geschlachtet und eingepökelt zu werden. Der heilige Nikolaus muss, im selben Gasthaus eingekehrt, geahnt haben, dass das Zwiebelgulasch, welches ihm vorgesetzt wurde, nicht ganz den Lebensmittelbestimmungen entsprach. Nach erfolgreicher Wiedererweckung aus dem Pökelfass wurde ihm von da an die Aufgabe übertragen, künftig als Schutzheiliger der Metzger und Selcher zu fungieren. Das ist mir, auch nach langem Grübeln, bis heute nicht eingängig. Wer soll da vor wem beschützt werden?

Das Innere der San Nicolo dei Mendicoli erinnert mich an ein gemütliches, vollgeräumtes Wohnzimmer. Im Laufe der Jahrhunderte wurde vieles »zusammengebettelt«, was nicht wirklich zusammenpasst, und die künstlerische Ausprägung ist weit entfernt von der Ausstattung der reicheren und mächtigeren Kirchen Venedigs. Aber die Atmosphäre dort ist warm und heimelig. Der Raum atmet den Geist und die Hoffnung schwer arbeitender Menschen, deren Traum von einem besseren Leben jenseits des diesseitigen lag. Das anrührende Gefühl der Aufgehobenheit, das mich jedes Mal umfängt in diesem Kirchenraum, kann nicht von ungefähr kommen. »Dies«, sagt meine Kusine Astrid, »ist die einzige Kirche, in der ich je eine Katze angetroffen habe«.

Eines schönen Tages im Herbst, der Himmel strahlte blau herab, das weiche Sonnenlicht sorgte für warme Farben, wurden wir Zeuge einer Hochzeit. Die Braut, eingehüllt in wolkiges Weiß, präsentierte sich umgeben von ihren Brautjungfern vor dem Eingang der Kirche dem eigens abgestellten Fotografen, während der Bräutigam etwas unschlüssig und verlegen abseits stand und auf seinen Einsatz wartete. Familie und Freunde promenierten in Grüppchen auf dem Vorplatz der Kirche, je nach Geschmack und Geldbeutel herausgeputzt und erfüllt von der Bedeutung des Geschehens. Die Kinder tobten, von ihren Müttern genervt, aber völlig wirkungslos zur Ordnung gerufen, während die Väter zusammengefunden hatten, um lauthals über die neuesten Sportnachrichten zu diskutieren. Auf einer Bank neben der unseren, von wo wir interessiert das Geschehen beobachteten, saßen vier alte Damen mit demselben Anliegen beschäftigt wie wir. Offensichtlich gehörten sie auf die eine oder andere Weise der Hochzeitsgesellschaft an, da hin und wieder von den Gästen ein Gruß in ihre Richtung geschickt wurde. Bald wurde uns klar, was es mit der Damenriege auf sich hatte.

Hier tagte die Jury. Mit kritischem Blick wurde jeder einzelne Gast einer Prüfung unterzogen in Bezug auf sein Verhalten, sein Erscheinungsbild, die Qualität seiner Kleidung, seiner Vorgeschichte und was man in Zukunft daraufhin von ihm zu erwarten hatte. Die Punktevergabe erfolgte hinter vorgehaltener Hand oder unter Vortäuschung einer Nasenputzerei seitlich aus dem Taschentuch hervor. Danach straffte man die Schultern, korrigierte die Sitzposition und nahm den nächsten Kandidaten in Augenschein. Nach knapp einer halben Stunde hatte die Hälfte der Gäste die Prüfung nicht bestanden. Hinter der Jurybank, auf dem kleinen Kanal vor der Kirche, hatte Nikolaus persönlich Stellung bezogen. Diesmal in Gestalt eines Gondoliere. Sein langer, wallender Bart war sorgfältig getrimmt, sein graues Haupthaar fiel locker in den Nacken. Die Hochzeitsgondel war geschmückt mit Blumen und Bändern. Unschwer zu erkennen, dass er der Meinung war, sich auch dieser Aufgabe annehmen zu müssen.

San Sebastiano

Nicht weit von der Mendicoli liegt die schöne Kirche San Sebastiano. Wie der Name sagt, ist sie dem heiligen Sebastian gewidmet, einem Märtyrer, den es, laut Angaben in Herbert Rosendorfers Kirchenführer Venedig« nie gegeben hat. Er reiht sich daher ein in die Vielzahl erfundener Heiligen, die man getrost als gelungene PR-Aktion des Großunternehmens Kirche betrachten kann.

Die Abbildungen seines hübschen, schlanken Leibes, der zwar von dem einen oder anderen Pfeil durchbohrt, trotzdem nie seine anmutige Haltung verliert, schmückt so manche Kirchenwand, und sein entrückter Blick, seine nur leicht schmerzlich verzogene Miene vermitteln den Eindruck eines Apoll, der Opfer seiner eigenen Pfeilkunst geworden ist. Womit er für die weibliche Anhängerschaft des rechten Glaubens eine attraktive Werbeikone darstellt. Seine Aufgabe als Schutzheiliger gegen die Pest zu wirken, konnte er leider nicht fachgerecht ausführen. Nachdem in den 70er Jahren des 16. Jahrhunderts eine fürchterliche Pestepidemie ein Drittel der Bevölkerung Venedigs dahingerafft hatte, beschloss man, sich doch nun besser an den direkten Vorgesetzten zu wenden, den Redentore, den Erlöser. Das Geschäft sah folgendermaßen aus: Du nimmst die Pest von uns, wir bauen Dir eine Kirche. Wie man an der Redentorekirche sehen kann, ist es für beide Seiten zur Zufriedenheit gelaufen.

Die Kirche San Sebastiano gehörte ursprünglich zu einem Kloster und einem Armenhaus. Da der Orden nicht mit weltlichen Reichtümern gesegnet war, konnten sich die Mönche zur Ausgestaltung ihrer Kirche nur einen unbekannten Künstler aus Verona leisten. Nachdem er die Decke ihrer Sakristei ausgemalt hatte, übertrugen ihm die Brüder auch die Gestaltung des Kircheninnenraums, denn er hatte sie mit seiner Kunst nicht nur überzeugt, sondern geradezu begeistert. Es sollte nicht lange dauern, da wurde er unter dem Namen »Veronese« berühmt.

Frei nach T. Vecello

Uns versetzt die Entscheidung der Mönche in die glückliche
Lage eine der schönsten Kirchen Venedigs betrachten zu können. Allein der Bau ist schon etwas Besonderes. Der Innenraum
ist an drei Seiten mit Emporen ausgestattet, die hohen Wände
des Kirchenschiffs zieren Fresken von Veronese. Das Altarbild
ist ein Spätwerk von ihm. Die Deckengemälde in der Sakristei
erstrahlen in einer Leuchtkraft, als seien sie erst kürzlich fertiggestellt worden. Nikolaus, der Tausendsassa unter den Schutzheiligen und nimmermüder Kämpfer an der Front gegen allerlei
Ungemach, hat auch hier noch ein Plätzchen gefunden. Gleich

rechts im Eingang hängt ein Gemälde von Tiziano Vecello. Es zeigt den heiligen Nikolaus in einer Situation, die uns ahnen lässt, wie anstrengend der Alltag des Schutzheiligen aussehen konnte:

Nikolaus, schon früh ergraut, hat sich kaum niedergelassen, um kurz zu verschnaufen, da wird er schon wieder zum nächsten Einsatz gerufen. In gebückter Haltung sehen wir ihn, auf dem Sprung sozusagen, die rechte Hand erhoben, als wolle er rufen: »Ja, hab`s gehört, komme sofort!« Die Linke umklammert ein Buch (zum Lesen wieder keine Zeit), das Lächeln im Gesicht etwas mühsam festgezurrt. Halb verdeckt rechts hinter ihm steht ein junger Mann (Faktotum, Engel?), der mit vorwurfsvoller Miene zum Rastlosen emporblickt und ihm auffordernd die Kopfbedeckung reicht. »Die Mütze! Die Mütze! So kann Euer Heiligkeit doch nicht aus dem Haus!«

Burn-out ist keine Erfindung der Neuzeit.

San Pantalon

Nein, Pantalone, der eifersüchtige alte Geizkragen aus der Commedia d'ell Arte ist nicht zum Schutzheiligen ernannt worden. Die langen Wickelhosen, denen er seinen Namen verdankt, haben nichts zu tun mit der angeblichen Vita des heiligen Pantalon, der als Arzt des Kaisers Diokletian sich zum Christentum bekannte und den Märtyrertod erlitt, indem man ihm die Hände auf den Kopf nagelte. Woraufhin man ihn folgerichtig zum Schutzheiligen der Migräniker bestimmte. Wer wenn nicht er weiß, was Kopfschmerzen sind.

Die Karriere des Pantalon erreichte ihren Höhepunkt,
nachdem man ihm die Hände auf den Kopf genagelt hatte …

Die Kirche San Pantalon hat einen lustigen Campanile, der aussieht, als hätte man ihm ein Mützchen in Form eines Eierwärmers aufgesetzt. Im Inneren der Kirche erblickt man ein gigantisches Deckengemälde. Der Künstler Gianantonio Fumiani hat zwei Jahrzehnte damit zugebracht, das Leben des Pantalon auf einer Leinwand darzustellen, die anschließend unter der Decke des Innenraumes angebracht wurde. Die Farben sind etwas verblasst, das Gesamtwerk trotzdem spektakulär. Zur Betrachtung desselben empfiehlt sich ein Spiegel. Nackenstarre kann zu Migräne führen, der Schutzheilige könnte bei der Vielzahl der Besucher leicht an seine Grenzen stoßen.

San Trovaso

Am Rio Trovaso liegt diese Barockkirche, die sofort durch ihre zwei identischen Haupteingänge auffällt. Der eine liegt am Rio, der andere am Campo, und ihr Vorhandensein hat man zwei rivalisierenden Familien zu verdanken, die beide auf ihrem Grund und Boden den Hauptzugang zur Kirche beanspruchten. So will es die Legende. Neben der Kirche am Rio Trovaso wird bis heute in Venedigs ältester Gondelwerkstatt gearbeitet, die Auftragslisten datieren zurück bis ins 17. Jahrhundert.

San Trovaso ist die venezianische Kurzform für »San Gervasius e Protasius«, und spätestens jetzt ist es Zeit für den Auftritt eines Zeitgenossen, der ungeachtet irgendwelcher Skrupel dafür gesorgt hat, dass Einfluss und Machtausbau der frühen Kirche und damit auch sein eigenes Interesse befördert wurden. Es handelt sich um Ambrosius, einen Bischof im 4. Jahrhundert, der unter anderem den damaligen Kaiser Theodosius zwang, einen Bischof, der einen Pogrom gegen Juden befohlen hatte, in dessen Verlauf auch die Synagoge niedergebrannt worden war, nicht strafrechtlich zur Verantwortung zu ziehen, wie es der Kaiser beabsichtigt hatte. Dieser Ambrosius, der Bibeltexte aus dem Griechischen ins Lateinische übertrug (nach Aussage des Kirchenlehrers und Konkurrenten Hieronymus schlecht!), war der Erfinder so manch angeblicher Märtyrer. So auch von Protasius und Gervasius, denen er auch gleich noch eine Familie andichtete, wobei ein »San Vidal« den Vater, und eine »Agricula« die Mutter darstellen sollten. Bei Wikipedia erscheint die Mutter unter verschiedenen Namen, ich berufe mich hier auf Herbert Rosendorfers Aussage in seinem »Kirchenführer Venedig« (eine im Übrigen überaus unterhaltsame und lehrreiche Führung durch die zahlreichen Kirchen in dieser Stadt).

Ambrosius erfindet ein paar Heilige, um seine Karriere anzuschieben

Der Name »Agricula« beweist für mich die schlechte Kenntnis der lateinischen Sprache. Jeder Schüler der ersten Stunden weiß schon, dass »Agricula« »Bauer« bedeutet und deshalb als Frauenname wohl kaum in Betracht gezogen wurde. Um die Mär von Protasius und Gervasius zu untermauern, wurden zwei arme Strolche abgemurkst. Deren noch blutende Leichname sodann im Gemäuer einer alten Kirche vergraben und, nachdem Ambrosius von einem Fundort der beiden Heiligen »geträumt« hatte, wieder aufgespürt. Für all diese Mühen hat man ihn selber dann auch noch zum Heiligen erklärt. Dass die zwei armen Kerle zu Heiligen befördert wurden, finde ich in Ordnung. Schließlich haben auch sie einen Märtyrertod erlitten, wenn auch ungefragt.

Welche Aufgabe man den beiden anschließend als Schutz-heilige übertrug, habe ich herausgefunden, als ich an der Mauer neben dem zum Rio gelegenen Eingang ein steinernes Löwen-haupt entdeckte, welches vom Zahn der Zeit bereits arg mitge-nommen war. Regenwasser und Luftverschmutzung hatten dem einstmals stolzen Antlitz tiefe Furchen eingegraben, die Haar-pracht war gleich ganz verschwunden. Und wie ich so dastehe und seine jammervolle Miene betrachte und die wenigen Zahn-stummel im halb geöffneten Maul, da wusste ich plötzlich, wen ich da vor mir hatte! Keinen Löwen, nein, Protasius, den Schutz-heiligen der Prothesenträger! Und Gervasius? Nun, im Französi-schen heißt er Gervais. Wie unschwer zu erraten, handelt es sich bei ihm um den Schutzheiligen der Frischkäsehersteller!

Im Innern der Kirche begegnete mir ein weiterer Heiliger, dies-mal ein »Chrysogonos« in glänzender Rüstung. Herr Rosendorfer erklärte mir auch hier die Sachlage: Dieser Chrysogonos war der Besitzer eines Grundstücks in Rom, auf das eine Kirche gebaut wurde. Mehr musste Herr Chrysogonos nicht leisten, um in die Riege der Heiligen aufgenommen zu werden. Kein Martertod, keine selbstlosen Wundertaten. Alles was er tun musste, war zur richtigen Zeit abzutreten, alles andere erledigte der Wunderglau-be, die Fantasie und die Zeit. Man kann es sich lebhaft vorstellen.

»Wo bitte geht es zur Kirche?«

»Da gehen Sie gerade aus, dann rechts, wissen Sie, dahin wo der Chrysogonos mal sein Grundstück hatte.«

Etliche Jahre später.

»Was ist denn das für eine Kirche?«

»Das weiß ich auch nicht, aber hat da nicht mal der Chryso-gonos gewohnt?«

»Wie? Ist das dem seine Kirche?«

Und noch viel später.

»Das ist die Kirche vom Chrysogonos.«

»War der heilig?«

»Ja bestimmt. Warum sollten die sonst eine Kirche nach dem benennen?«

Und so wurde Chrysogonos zum Heiligen und Märtyrer erklärt, und wenn in dem Laden nicht bald aufgeräumt wird, bleibt er das auch bis in alle Ewigkeit.

Vielleicht sollte das Aufräumen sinnigerweise mit den Vertretern beginnen, die mir heute als die unappetitlichsten Repräsentanten in der Riege der Heiligen erscheinen. Neben kleineren Schurken wie Ambrosius fällt mir da Papst Pius V. ein, seines Zeichens Massenmörder der Inquisition. Unermüdlich hat er gegen vermeintliche Häretiker und Juden gekämpft, wobei er nicht zimperlich war in der Anwendung der Mittel, die ihm zur Verfügung standen. Er verurteilte faktisch alle Niederländer zum Tode, was König Philipp II. von Spanien gerne unterstützte, indem er den Beginn der Exekutionen befahl. Nebenher wurde Elisabeth I. exkommuniziert und massenweise wurden die Scheiterhaufen entfacht. Zum Dank für seinen Einsatz im Dienste des Kreuzes wurde er heilig gesprochen. Meiner Meinung nach sollte er nun seinen Ruhestand entsprechend genießen.

Homo Touristicus

Der Homo Touristicus, der reisende Mensch, ist eine Spezies, die mit Beginn der 60er Jahre des letzten Jahrhunderts eine explosive Vermehrung erfahren hat. Seit den Zeiten der Völkerwanderungen in der Spätantike, als Goten, Vandalen und Langobarden sich aus schierer Not von ihren leergefressenen Heimatböden zu neuen fruchtbaren Ufern aufmachten, tourten nicht mehr derart riesige Völkerscharen durch die Länder der Erde. Getrieben von unersättlicher Neugier und dem Bedürfnis nach Abwechslung und Erlebnissen, mit denen man im günstigsten Fall auch die Daheimgebliebenen beeindrucken kann, werden Orte auf dem Globus heimgesucht von denen man meint, sie unbedingt gesehen haben zu müssen, um mitreden zu können.

Damit auch bewiesen werden kann, dass man selbst an Ort und Stelle war, müssen »Selfies« geschossen werden nach dem Motto: im Hintergrund das rasende Zeitgeschehen, im Vordergrund Ich! Für Venedig heißt das, jedes Jahr zwei bis drei Millionen Menschen, denen man unterstellen darf, dass sie sich in weiterem Sinn für diese Stadt interessieren, da sie bereit sind, mehrere Tage dort zu verweilen. Dagegen stehen 20 bis 30 Millionen, die als Kreuzfahrer, Camper vom Festland oder auf Rundreisen nach dem Motto »Europa in 10 Tagen« diese Stadt abhaken.

Vom Markusplatz traut man sich dann ein paar Meter weit in die umliegenden Gassen, baut sich mit Hilfe von Selfie-Stangen oder der Assistenz der Mitreisenden vor Dom und Dogenpalast auf, und reiht sich nach erfolgtem Ablichten in die drangvolle Enge der Warteschlangen ein, sei es vor dem Palast, dem Dom, dem Campanile oder am »Hotspot« der Gondelanleger vor dem Hard Rock Café, wo eine Gondel bestiegen wird, mit der man sich, Bug an Heck der Vorausrudernden, in schmale Kanäle quetscht um »ein Feeling« zu bekommen.

Tapfere Einzelkämpfer wagen sich auch tiefer in den Dschungel der Gassen, ausgestattet mit einer Survivalausrüstung, die auch im Outback oder in der Kalahari gute Dienste leisten könnte. So sieht man sie durch die Calli pirschen, den Blick auf das Display ihres Navi gerichtet und beständig an der mitgeschleppten Wasserflasche nuckelnd. Die ängstlicheren Gemüter klammern sich in Grüppchen von fünf bis zehn Individuen zusammen, was unweigerlich für Verstopfungen des Verkehrsflusses sorgt, wenn eines plötzlich stehenbleibt, um sich die Auslage eines Schaufensters anzusehen, und damit das ohnehin zähflüssige Vorwärtsruckeln zum Stillstand zwingt. Niemand sieht sich in der Lage, auch nur ein paar Schritte alleine weiterzugehen, um den eilenden Bewohnern dieser Stadt wenigstens eine kleine Durchgangslücke freizugeben. Diese wiederum schaufeln sich mit erstaunlichem Gleichmut und beständigem Permesso-permesso-Gemurmel unbeirrt ihren Weg frei.

Anfänglich noch wohlgemut gestartet, verliert man im Laufe der Exkursion zunehmend die Kondition als auch den Überblick. Erschöpft und ratlos lagert man auf Brückenstufen und Treppen im Taubenkot und versucht, anhand verknüllter Stadtpläne die Orientierung wiederzufinden.

Die Camper, zumeist im Familienverband mit Kind und Kegel und nicht selten auch mit Kinderwagen unterwegs, verlieren als erste die Nerven. Was auf dem Campingplatz am Meer als herrlicher Sonnenschein, gepaart mit leichter Brise wahrgenommen wird, entpuppt sich zwischen den Mauern und dem heißen Pflaster der Stadt als unbarmherzige, feuchte Hitzequal. Die rotz- und eisverschmierten Gesichter der quengelnden kleinen Kinder, die kaum noch einen Fuß vor den anderen setzen können, lassen vielleicht die Eltern darüber grübeln, warum man sich ausgerechnet im Juli oder August diese Reise antun musste. Nein, ich glaube, das ist allein mein frommer Wunsch.

Neben den Gruppenreisenden auf »Städtetour«, die man daran erkennt, dass sie sich freiwillig einem Anführer unterordnen, dessen hochgerecktem Schirmchen zu folgen ständiger Aufmerksamkeit bedarf, trifft man alle zwei Jahre auf eine Gattung die ich Homo Touristicus Biennalis nenne. Diese Spezies besteht aus Individuen, die man auf den ersten Blick keiner größeren

Gruppe zuordnen kann, ist doch jeder bemüht, sich durch Gebaren und Erscheinungsbild von den anderen abzuheben. Allen gemeinsam ist dabei ein sorgfältig kultiviertes Bildungsgehabe, ein zur Schau gestelltes Kunst- und Kulturinteresse, das aufzeigt, dass sie sich doch ähnlicher sind, als sie wahrhaben wollen. Im Zweifelsfall erkennt man sie an großen Umhängetaschen aus denen Prospekte und Kunstführer quellen, die in jeder Ausstellung zur gefälligen Mitnahme bereit liegen.

Mariano Fortuny

Die Familie Fortuny, eine Malerdynastie aus Granada, übersiedelte im Jahr 1889 nach Venedig. Im Palazzo Martinengo am Canal Grande ließen sie sich nieder und etablierten einen Treffpunkt für Künstler und Intellektuelle der damaligen Zeit. Auch die Idee der Biennale wurde dort geboren.

Mariano, der jüngste Spross, erhielt eine künstlerische Ausbildung, die durch seine Mutter beflügelt wurde, die sich im Laufe der Zeit eine kostbare Sammlung erlesener Stoffe aus Samt, Seide und Brokat zugelegt hatte. Das Bedrucken der Stoffe und die Textilfärbung weckten sein Interesse ebenso wie das Entwerfen von Kleidern nach antikem Zuschnitt. Sein Atelier befand sich im Palazzo Pesaro-Orfei, der auch zu seinem lebenslangen Wohnsitz wurde. Zusammen mit seiner Frau entwickelte er die Faltengebung des Plissees und erfand eine neue Methode des Färbens. Als Vorlage und Inspiration dienten ihm orientalische Muster, die er in opulente, schillernde Farben goss und die vor allem auf den Plisseekleidern eine fantastische Wirkung entfalteten. Zu einer Zeit, als sich die Damenwelt noch bevorzugt in Fischbeinkorsagen zwang, schenkte er den Frauen weite, fließende Gewänder, in denen sie atmen konnten. Vorausgesetzt, sie hatten den Mut, diese zu tragen. In der alten Fabrik auf der Giudecca werden heute noch unter strenger Geheimhaltung diese Stoffe hergestellt.

Neben seiner Tätigkeit als Maler und Modedesigner beschäftigte sich Mariano als Fotograf und Bühnenbildner. Er erfand die indirekte Bühnenbeleuchtung, die bei einer Opernaufführung Richard Wagners zum ersten Mal zum Einsatz kam. Sein Wohnsitz ist heute unter dem Namen Palazzo Fortuny oder Museo Fortuny bekannt. Dort findet sich ein Teil des Nachlasses dieses Künstlers, zusammen mit wechselnden Ausstellungen.

Für mich ist dies ein Ort immerwährender Magie. Diese seltsame Mischung aus orientalischer Mystik und dem innovativen künstlerischen Geist jener Epoche im Umbruch zur Moderne versetzt mich bei jedem Besuch in einen Zustand der Schwebe, in der mich Erzählungen, Überlieferungen und fantasievoll ausgeschmückte Träumereien bei meinem Rundgang begleiten. Lange kann ich, eingesunken in die weichen Polster der großzügigen Sofas, meinen Blick schweifen lassen, von den bedruckten seidenen Schirmen der großen Lampen, die sanft leuchtend aus dem Dunkel der hohen Decken herabhängen, über Bilder, Gewänder, Skulpturen, Möbel und Teppiche, während im Strahl des einfallenden Sonnenlichts, das durch die Lamellen der halbgeschlossenen Fensterläden dringt, kleine Stäubchen tanzen. Und wenn man genug hat von Gründerzeit und Art Deco und lasziven Bühnengestalten in orientalischen Gewändern kann man im schattigen Innenhof zwischen grünen Ranken und alten Steinen eine noch viel ältere Zeit aufleben lassen.

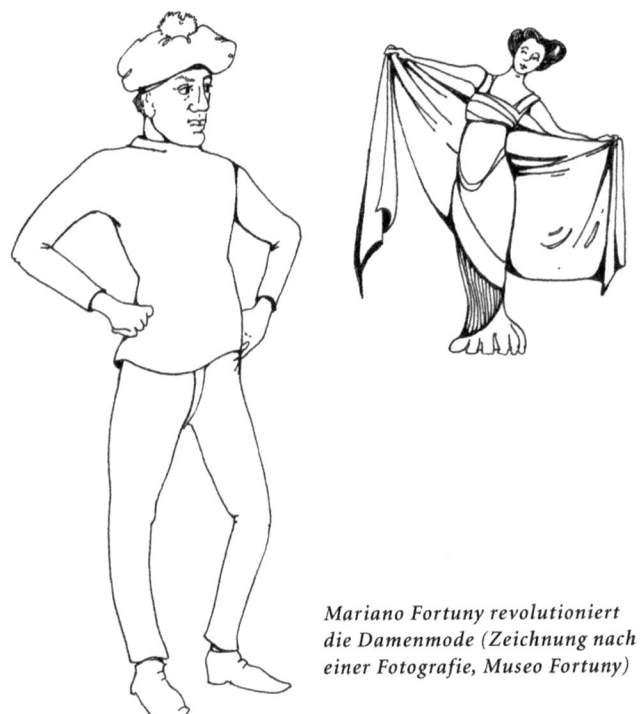

Mariano Fortuny revolutioniert die Damenmode (Zeichnung nach einer Fotografie, Museo Fortuny)

Die Biennale

»Kunscht«

Dieser Kunstmarathon, der, wie der Name sagt, alle zwei Jahre in Venedig stattfindet, sprengt mit seiner Vielzahl an Teilnehmern schon lange die ursprünglich vorgesehenen Pavillons auf dem Biennale-Gelände in den Giardini. Auch die mittlerweile restaurierten Hallen und das Gelände des Arsenale, der ehemaligen Schiffswerft der alten Stadt Venedig, können nur einen Teil der benötigten Ausstellungsfläche bieten. Glücklicherweise gibt es eine Reihe von Besitzern alter Palazzi, die gerne einzelne Räume oder ganze Stockwerke für diesen Zweck vermieten – der Unterhalt dieser Prachtbauten verschlingt ein Vermögen. Erfreulicherweise muss der kunstinteressierte Besucher dafür keinen Eintritt bezahlen. So kommt man alle zwei Jahre nicht nur in den Genuss zahlreicher künstlerischer Darstellungen aus Ländern von A wie Aserbaidschan bis Z wie Zypern, sondern darf auch die zum Teil prachtvoll ausgestalteten Räume der Palazzi bewundern, zu denen man sonst keinen Zutritt hätte.

Auf dem Gelände des Arsenale wurden zu Hochzeiten der Serenissima in Fließbandarbeit Galeeren gebaut. Mächtige Säulen tragen die Gewölbe, die in riesigen Hallen die gemauerten Kanäle überspannen. Mit rotem Sand skizzierte der Baumeister das Skelett des Rumpfes auf den Hallenboden. Danach bauten 12 bis 15 Zimmerleute den Rumpf zusammen. Die Schiffshaut wurde darübergezogen. Jetzt stopften Kalfaterer mit teerdurchtränktem Werg den Rumpf aus und ließen ihn zu Wasser. War das Schiff dicht, wurden an Ort und Stelle die Aufbauten fertiggestellt. Unter den Klängen einer Musikkapelle wurde dann die Galeere feierlich über den Kanal hinaus in die Lagune begleitet.

Das Arsenale war eine Stadt, umgeben von einer Mauer, die nur zwei Eingänge hatte. Die »Arsenalotti«, wie man die Arbeiter nannte, wohnten mit ihren Familien innerhalb des Mauerrings und hatten über ihre Arbeit absolutes Stillschweigen zu bewahren, vergleichbar mit den Glasbläsern auf Murano. Das Gelände war so groß, dass bis zu 2000 Arbeiter mit ihren Familien darauf Platz fanden. Jetzt, während der Biennale 2013 und in Erinnerung an diese Zeit, lässt ein isländischer Künstler eine kleine Bläserkapelle in einem alten isländischen Fischerboot durch die mächtige Säulenhalle fahren. Begleitet von der melancholischen Musik der Instrumente gleitet das Boot hinaus unter den hellen Himmel, vollführt mit dem Segel eine sanfte Wende und verschwindet wieder im Dunkel der Hallen.

Im Jahr 2013 stand die Biennale unter dem Motto »Enzyklopädischer Palast«, und der Kurator Massimiliano Gioni hatte in den Hallen des Arsenale nicht nur Werke anerkannter und hofierter Künstler versammelt, sondern auch eine unglaubliche Menge an schrulligen, psychotischen und wahnhaften Werken selbsternannter Welterklärer, die sich mit und durch die Gestaltung ihrer Skulpturen, Gemälde, Fotografien und Zeichnungen das »Unbekannte«, »Kosmische«, das »Unfassbare« auf Eigenmaß herunterbauten, indem sie eine hierarchische Ordnung überstülpten, berechneten, katalogisierten. Im Rudolf-Steiner-Saal pflastern anthroposophische Welterklärungsversuche die Wände, während auf dem Boden zwei Adepten, von einem T. Sehgal inszeniert, in seltsamen Verrenkungen grunzend und quiekend miteinander »kommunizieren«. Da – eine weitere Anhängerin betritt den Raum. Auf der Bank neben dem Eingang nimmt sie Platz und versucht von dort sich mittels »Körpersprache« in das »Gespräch« einzuklinken.

Einen ganzen Tag brauchen wir, um uns durch die überbordende Fülle menschlichen Gestaltungswillens durchzuarbeiten. Erstaunlicherweise ist bei manchen Werken nicht auf den ersten Blick zu erkennen, ob da ein »wirklicher Künstler«, eine »wahnhafte Seele« oder ein »Autodidakt« um Ausdruck gerungen hat. Wir jedenfalls sind am Ende dieses Tages völlig leer und erschöpft von unserem Bestreben, uns auf diesen »Enzyklopädischen Palast« unvoreingenommen einzulassen.

Da gestaltet sich der Besuch der Länderpavillons in den Giardini deutlich entspannter. Unter dem angenehmen Schatten der ausladenden Bäume lässt es sich gemütlich dahinschlendern, nicht jeder Pavillon muss betreten, nicht jedem Werk muss gefolgt sein. Im Gedächtnis bleiben die fragil scheinenden, aufeinandergetürmten Holzschemel chinesischer Wanderarbeiter des Künstlers Ai WeiWei, die russische »Danaä«, die statt des Zeus´-schen Spermaregens in Form von Goldfäden dem heute immerwährenden Finanzkreislauf eines Geldregens ausgesetzt ist, der sich in sich selbst erschöpft. Während der Banker auf einem Sattel unter dem Dach sitzt und gelangweilt Erdnüsse kaut, deren Schalen sich unter ihm bereits zu dicken Haufen formieren. Den Pavillon der USA darf man nur in kleinen Gruppen betreten, zu fragil sind die autistisch anmutenden Nachbauten irgendwelcher Fabrikationsabläufe aus sorgsam gespannten Garn und minutiös nachgebauten Kleinteilen aus Papier und Pappe, die den ganzen Raum einnehmen. Im ägyptischen Pavillon tauchen wir ein in die Schatten einer Grabkammer, in der nur die matt glänzenden Oberflächen der goldfarbenen Ausstellungsstücke leuchten. Die Hieroglyphen an der Wand sind der Computersprache entlehnt. Hier darf man sich als Entdecker fühlen. Im venezianischen Pavillon betreten wir ein »Sonnenei«, das uns mit goldenen, azurblauen und türkisgrünen Mosaiken entgegenstrahlt.

Ist das alles Kunst? Wir wissen es nicht und beschließen, dass es für uns letztlich darauf ankommt, ob und wie wir davon berührt werden. Vieles erschließt uns neues Denken oder sortiert altes. Vieles lässt uns lachen, vieles lässt uns durchatmen. Dafür ist am Ende des Tages die lange Fahrt auf dem überfüllten Vaporetto mit schweren Beinen ein durchaus angemessener Preis.

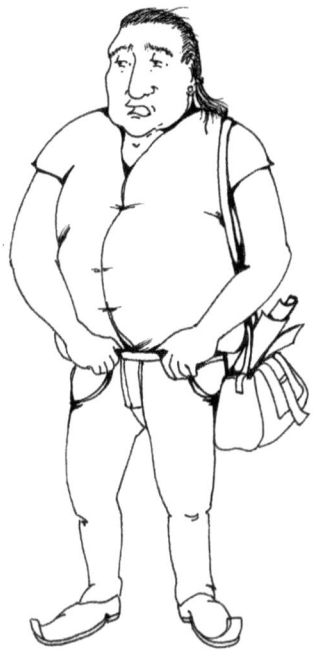

Gruppenführung: »Und jetzt füttere ich Euch noch mit der Darstellung einer Kunstrichtung, die hier symbolisch verfremdet zitiert wird ...«

Abseits der Biennale-Ausstellung hat sich der Künstler Marc Quinn auf S. Giorgio ausgebreitet. Vor der Kirche sitzt Allison Lapper als riesiger aufgeblasener Ballon, der schwangere Bauch und die geschädigten Gliedmaßen schimmern je nach Lichteinfall kränklich weiß bis violett. Beim Näherkommen hört man deutlich den Motor brummen, der das Gebilde in Position hält. Spektakulär in jedem Fall, aber meiner Meinung nach dieser tapferen Frau völlig unangemessen. Gemäß seiner Absicht, die

»Ursprünge des Lebens« darzustellen, liegen riesige bronzene Muscheln auf der Mole entlang des Yachthafens, dem Ambiente entsprechend sehr dekorativ. Wie wir beobachten dürfen, verleiten sie die eine oder andere romantische Seele dazu, in ihr Inneres hineinzusingen und hernach, in Erwartung einer Antwort, das Ohr, so weit es geht, hineinzuhängen.

In den Ausstellungsräumen hinter der Kirche hat er eine Reihe von Skulpturen aufgestellt, die an griechische Vorbilder des goldenen Schnitts erinnern, mit dem Unterschied, dass die seinen alle mehr oder weniger versehrte Gliedmaßen aufweisen. Da inspirierten ihn wohl die Paraolympischen Spiele, die kurz zuvor in London stattgefunden hatten. An den Wänden begrüßen wieder die »Ursprünge des Lebens«, diesmal als zart grün gestaltete Wasserbilder, in denen leicht und unbeschwert Mädchenkörper schwimmen mit wehenden Haaren, die sich algengleich im Wasser winden.

Im nächsten Raum geht es zur Sache. Auf dem Boden liegen »Historiengemälde«, die im Gegensatz zu den klassischen Darstellungen siegreicher Schlachten die Aufstände zeigen, die sich heute aus der Gesellschaft der Unterdrückten entwickeln. In der Mitte des Raumes die Skulptur »Mirage«, die auf dem Foto eines Gefolterten aus dem berüchtigten Gefängnis Abu Ghraib in Bagdad basiert. So lebensecht wirkt dieses arme Geschöpf, mit seinem unter einer spitzen Kapuze verhüllten Kopf und den ausgestreckten Armen, an deren Enden die Elektrokabel des Folterwerkzeugs angebracht sind, dass man sofort hinlaufen und der Grausamkeit ein Ende bereiten möchte.

Bei längerer Betrachtung der Skulpturen junger Männer, die in Kapuzenpulli und Schlabberhosen gewandet, sitzend oder stehend, sinnend auf einen Totenschädel starren, den sie in Händen halten, glaubt man einem modernen Hamlet zuzuschauen. Einem King der Straße auf seinem Skatebord. Wobei wir den Ursprung des Lebens verlassen und schon bei der Sinnfrage angekommen wären. Die Darstellungen sind lebensecht bis in das kleinste Detail der großporigen Haut um Mund und Nasenflügel. Abgesehen von dem Umstand, dass sie aussehen, als seien sie in ein Fass mit grauer Metallfarbe gefallen, meint man bei längerem Hinsehen ein winziges Zucken derselben wahrzunehmen.

In der Punta della Dogana, der ehemaligen Zollstation, die Monsieur Pinault gekauft und in ein wunderbares Museum umgewandelt hat, sitzt im Raum an der äußersten Spitze der Insel eine aus Tauen gewundene Kugel auf einem goldenen Sockel. Auch der Raum ist vollständig mit goldfarbenem Stoff ausgekleidet. Eine Entsprechung zu der goldenen Weltkugel, die sich in gerader Linie direkt darüber auf dem Dach befindet. Bei dieser Installation von James Lee Byars stellen sich bei mir sofortige Assoziationen ein. Ist diese Stadt nicht durch Handel (Zollstation) in der ganzen, damals bekannten Welt (Kugel) zu Reichtum gelangt (Gold)? Fand dieser Handel nicht vornehmlich mit Hilfe von Schiffen statt, deren Taue unerlässlich waren, um Segel zu setzen und in Häfen anzulegen?

Als ich später erfahre, dass die Taue dieser Kugel aus handgewebtem Kamelhaar bestehen, stützte dies meine Thesen nachhaltig, wie ich meinte. Denn auf Kamelen wurden die begehrten Waren auf den Handelsstraßen des Orients befördert. Die Aussage des Begleittextes erzählte aber eine völlig andere Geschichte. Ich erfuhr, dass die Installation »Byars is Elephant« hieß, dass der Künstler Gold als hochwertiges Material für die Darstellung des Unvergänglichen schätzte und dass das Ganze wohl eher in die Frage des Existenziellen hinauslaufen sollte. Dass dies die letzte Installation des Künstlers vor seinem Tod war, der sich selbst als »Poet of the Gondola« bezeichnete, machte mir die Sache leider auch nicht klarer.

Getröstet haben mich dafür die »Türkischen Wälder« des Mark Grotjahn, während die vier lebensgroßen Christusfiguren von Axel Abdessemed, gefertigt aus Stacheldraht, der das Lager in Guantanamo einzäunte, tatsächlich die »existenziellen Fragen« hervorriefen, die in diesem Leben wohl unbeantwortet bleiben müssen.

Abgesehen von den ausgestellten Werken, die uns gelangweilt, ratlos, kopfschüttelnd oder beeindruckt entließen, konnten wir uns den fantastischen Räumlichkeiten der Dogana kaum
entziehen. Diese Sichtachsen! Diese Mauern! Und vor allem:
Wie großartig haben sie sie renoviert, diese von Salz und Wasser ebenso ruinierten Wände, wie wir sie in unserer Wohnung in
Castello haben! Ach, uns fehlt es an allem, und unser Schicksal
heißt Sisyphus!

Ein Interview:

Frager: »Sie haben ein Wasserglas auf ein Wandbord gestellt … Was genau wollten Sie uns damit sagen?«

Künstler: »Das ist kein Wasserglas.«

Frager: »Ah! Dann wollten Sie mit diesem Wasserglas … beziehungsweise durch dieses Wasserglas über das Offensichtliche
hinausweisen?«

Künstler: »Das ist eine Eiche«.

Frager: »Äh … das soll eine Eiche symbolisieren?«

Künstler: »Nein. Es symbolisiert nicht. Es ist.«

Frager: »Aber ich sehe doch …«

Künstler: »Ja. Aber ich habe durch meinen Geist bestimmt,
dass eine Wandlung stattfindet. In eine Eiche.«

Frager: »Also existiert diese Eiche nur in der Vorstellung?«

Künstler: »Nein. Sie ist. Sie existiert. Das ist kein Wasserglas,
das ist eine Eiche. Durch die Kraft meiner Wandlung wird das
Wasserglas zur Eiche.«

Frager: »Und wie vollzieht sich diese Wandlung?«

Künstler: »Ich gieße Wasser in das Glas.«

Frager: »Kann man das lernen?«

Künstler: »Nein.«

Die Biennale Palazzi

Zahlreiche Länder finden im Rahmen der Biennale die Möglichkeit, sich auch jenseits der Ausstellungsflächen im Arsenale und den Giardini künstlerisch zu präsentieren, indem sie Räume in venezianischen Palästen anmieten. Wie schon erwähnt, eröffnen sich für den Besucher wunderbare Möglichkeiten, die prachtvollen Innenräume dieser Palazzi und die darin befindlichen Kunstwerke zu bestaunen, ohne auch nur einen Cent Eintritt zu bezahlen. Manchmal ist auch die Kunst vernachlässigbar und die Ausstattung der Räume das eigentliche Erlebnis. Es kommt aber auch vor, dass sich Kunst und Raum in wunderbarer Weise entsprechen, sich gegenseitig erhöhen und ein neues Ganzes gestalten. So bei jedem Besuch im Palazzo Mora und im Palazzo Michiel, um nur zwei zu nennen, die beide auf der Strada Nuova liegen.

»Do not fear« – Die Titel so mancher Kunstwerke führen nicht zwangsläufig zu mehr Verständnis auf Seiten des Betrachters

Im Palazzo Michiel hat sich 2013 asiatische Kunst so selbstverständlich in die prunkvollen Räume gefügt, dass in meinem Kopf sogleich eine riesige Bandbreite gelebter Geschichte entsteht, beginnend mit den Reisen des venezianischen Kaufmanns Marc O Polo und der traditionellen chinesischen Kunst bis in das Heute zu einer Reihe zeitgenössischer, chinesischer Künstler, die es geschafft haben, eine Verbindung herzustellen zwischen östlicher Tradition und Handwerk und der Moderne, ohne dabei westliche Kunst kopieren zu müssen. Im Palazzo Michiel hat sich 2013 auch zum ersten Mal Kuweit mit einer Ausstellung präsentiert. Die nackten Putti, die sich in den Stuckverzierungen der Wände tummeln, wurden zuvor mit Gaze verhängt, um die religiösen Befindlichkeiten nicht zu strapazieren.

Leider kann nicht jedes Kunstwerk überzeugen, und der Unmut der sich einstellt angesichts der Künstler, die nichts weiter zu sagen haben, als ihren steten Narzissmus zu pflegen, indem sie sich ausschließlich um die eigene Person drehen, ist mancherorts nur schwer zu unterdrücken. Ganz besonders hervorgetan hat sich diesmal Herr A. Tapies im Palazzo Fortuny. Schade, dass in diesem wunderschönen Palast, in dieser Fin-de-Siecle-Atmosphäre, dieser Mystik aus Orient und Okzident, ausgerechnet ein Herr Tapies seine Markierungen hinterlassen darf. Ein alter Mann, der sich nicht entblödet, in einem Video aufzutreten, das ihn zeigt wie er:

– des Morgens, noch im Schlafanzug und Puschen, in sein riesiges Atelier schlurft …
– um eine am Boden liegende Leinwand herumtapst …
– dabei mit den Fingern schnippt zu einem Rhythmus, den nur er hört …
– dann einen dicken Pinsel ergreift, um ihn sogleich zu den nun dröhnend einsetzenden Klängen von Straussens Zarathustra in einen schwarzen Farbtopf zu tauchen …
– ihn auf die Leinwand hinunterzustoßen …
– ihn dort, in schlampiger Anlehnung an ein chinesisches Schriftzeichen, ein paar Mal hin und her zu wischen …

– ein Kreuz und ein Monogramm dazuzuschmieren …

– und in einem anschließenden Interview zu erläutern, dass er sich derart grandiose Einfälle sofort in sein eigens dafür angelegtes Notizbuch vermerke, da er sie sonst, womöglich, am nächsten Tag vergessen habe … Gutgelaunt präsentiert er daraufhin sein Notizbuch, dessen Inhalt vorwiegend aus seinem Monogramm und ein bis drei Kreuzen besteht.

Ein weiterer Künstler, den ich ebenfalls zu dieser Kategorie der meist überschätzten Akteure im Kunstbetrieb zähle, ist Herr Lawrence Caroll, dessen zerschnittene Leinwand mit aufgeklebtem Stöckchen eine Rezensentin zu der jubelnden Aussage verleitete, dass die zerschnittene Leinwand ja dem Farbauftrag ständig Widerstand entgegensetze, der Maler hierbei einem Dichter gleiche, der sich ebenfalls jedes Wort erkämpfen müsse … Oh je, Oh je! Herr Caroll hat im Übrigen den Blümchenstoff »entdeckt« und klebt ihn jetzt auf Leinwand. Vielleicht besänftigt ihn das ja ein wenig nach der strapaziösen Pinselei.

Herr Caroll entdeckt den Blümchenstoff

Herr Tapies findet sein Notizbuch nicht mehr!

Der Palazzo Merati

Man sollte nicht davon ausgehen, dass ein Palazzo, nur weil er von außen mit zwar heruntergekommener, aber dennoch würdevoller Grandezza aus dem Wasser ragt, auch in seinen Räumen dieselbe Haltung bewahrt. Der Palazzo Merati bietet dafür ein schönes Beispiel. Gelegen an den Fondamente mit einem wunderbaren weiten Blick zur Friedhofsinsel S. Michele, hat auch er anlässlich der Biennale seine Pforten geöffnet, um einigen, noch unbekannten, venezianischen Künstlern die Möglichkeit zu geben, ihre Werke zu präsentieren.

In froher Erwartung treten wir ein und erklimmen eine schmale Marmortreppe, die überwölbt wird von einer Stuckdecke, auf der sich Löwen, Putten und allegorische Figuren einen Kampf um die besten Plätze liefern. Im Piano nobile begrüßt uns eine Ansammlung bombastischer, geschmackloser Möbel, Teppiche, Tür- und Wandbehänge, Kristallleuchter, Stuckaturen und Gemälde. Allesamt verschlissen und verstaubt und eindeutig schon zu ihren Glanzzeiten aus Produktionen zweiter Wahl zusammengeklaubt. In mageren späteren Zeiten hat man versucht, mit goldfarbener Besatzborte die im Laufe der Zeit entstandenen Risse im Furnier der großen Flügeltüren verschwinden zu lassen, indem man sie einfach damit überklebte. Weitgehend befreit von anatomischer Korrektheit verfolgen uns die Darstellungen menschlicher und tierischer Physiognomie aus den schweren Rahmen der Gemälde, die dicht an dicht die Wände bepflastern. Es sieht aus, als hätte ein Kirmesbudenmaler seine Liebe zu venezianischer Kunst entdeckt und alles kopiert, was der Pinsel hergab. Leider war der Versuch, Gold in Form von Farbe aufzubringen, völlig vergeblich. Die dicke gelbbraune Schicht, die als Ergebnis seiner Bemühungen die Flügel der Engelchen, die Arabesken und Krönchen sowie die Mähnen der Löwen zukleistert, verstärkt den klaustrophobischen Eindruck noch, der sich einstellt angesichts all dieser Geschmacklosigkeiten. Dazwischen, davor und mittendrin die ausgestellten Kunstwerke.

Es muss eine Reihe von autodidaktischen Hobbymalern in Venedig geben, die fern jeglicher Selbstkritik sich anlässlich der Biennale gedacht haben: Warum nicht? Wieder an der frischen Luft entdecken wir an der Außenfassade des Palazzo Merati ein Schild mit der Aufschrift »Zu verkaufen«.

»Das Kosmische ... ähm ... erscheint uns hier als sublimierter Ausdruck einer zutiefst empfundenen ... ähm ... allumfassenden Durchsicht ...«

Ja, Kunst erklärt sich leider oftmals nicht von selbst ...

Im Jahr 2015 stand die Biennale unter dem Motto »All the worlds futures«, und der Leiter der Ausstellung, Herr Owui Enzewor äußerte dazu in einem Interview, dass er beabsichtige, den Fokus auf die künstlerische Arbeit »zu gefährlichen Zeiten an gefährlichen Orten« zu lenken. Vielleicht unter anderem, denn was sollten dabei die arrivierten, satten Kunstschaffenden des angesagten Marktes ausrichten? Ich habe das so verstanden, dass die Fragestellung lautete: Wie reagiert Kunst auf den Zustand der Welt und welcher Blick ergäbe sich daraus für die Zukunft?

Wie ich dann für mich feststellte, entzogen sich die meisten Künstler diesem zweiten Teil des Mottos und fuchtelten lieber mit erhobenem Zeigefinger in einer Art Sozialkundeunterricht vor den Augen des interessierten Publikums herum. Wie dies wiederum mit dem Umstand zu vereinbaren war, dass zur Eröffnung der Biennale wie gehabt aufgespritzte Prada-Fregatten am Arm der üblichen Verdächtigen von den Anlegestellen der Luxusyachten wankten, um einen Blick in die Pavillons zu werfen, deren Inhalt bereits zum großen Teil an marktbeherrschende Galerien verkauft waren, entzieht sich meinem Verständnis. Ebenso war es mir nicht ganz eingängig, dass ausgerechnet Karl Marx mit seiner Kapitalismuskritik und der daraus erfolgten Sozialromantik der 68er im Zentrum der Debatte stand, ungeachtet der politischen und wirtschaftlichen Verwerfungen und globalen

Herausforderungen. Da konnte ich mit der »Archäologischen Sammlung« des Grisha Bruskin schon mehr anfangen, der seine monumentalen Skulpturen aus der Sowjet-Ära in einer Art Ausgrabungsfeld präsentierte – Zeichen des Ruins einer Ideologie.

Aber dies war auch abseits der zentralen Ausstellungen auf der Biennale Insel und des Arsenale anzutreffen, in einer alten, aufgelassenen Kirche in der Nähe des Campo Geusiti und der gleichnamigen, prachtvollen Kirche. Die Pavillons in den Giardini dagegen empfanden wir bis auf wenige Ausnahmen als enttäuschend.

Nun sind wir ja keine Kunstkenner, sondern lediglich neugierig und interessiert und von der Hoffnung beseelt, berührt zu werden. Im besten Falle erhalten wir einen »Stups«, der unsere Denk- und Wahrnehmungsgewohnheiten neu ausrichtet; das wäre schon ein großes Geschenk. Wir fanden Antworten vor: Knochensammeln und Brotverkrümeln in einer Art Schamanismus bei Fiona Hall im australischen Pavillon; Aufarbeitung der kolonialen Vergangenheit und Aussichten für die Zukunft auf einem schwarz-weißen Schachbrett im belgischen Pavillon; ein zart duftender Teppich aus Rosenknospen und eine sortierte Sammlung gepresster Blumen und Samen bei den Holländern, deren Hoffnung auf eine »rosige« Zukunft leider konterkariert wurde durch die Präsentation eines Katalogs, dessen Seiten beim Umblättern nur noch die Namen, aber nicht mehr die Abbildungen längst verschwundener Pflanzen dokumentierten. Die Deutschen wiederum bauten eine Fabrik, was sonst. Aber Hito Steyerl schaffte es zumindest, die Leute zum Lachen zu bringen bei der Betrachtung der Verrenkungen, die tanzende roboterhafte Individuen vollführten, um ihren Handlungsspielraum gegen die »tödliche Transparenz« des digitalen Zeitalters zu verteidigen. Ach ja. Und das Licht ist dabei ja auch ganz wichtig. Das Sonnenlicht als Wärmequelle einerseits und als Waffe andererseits (Laserschwert des asthmatischen Darth Vader?). Ja, so ist das auf der Welt. Kein Licht ohne Schatten. Und was soll mir diese nicht unbedingt neue Erkenntnis jetzt sagen? Vielleicht hätten mich ja die unzähligen Videobotschaften weiter gebracht, leider waren sie kaum zu verstehen, weil damit beschäftigt, sich in einer Kakofonie gegenseitigen Geschreis zu überbieten. Da half nur fluchtartiges Entfernen.

Am Ende der Auffassungsgabe und der körperlichen Belastungsgrenze angekommen, betraten wir zum Schluss den japanischen Pavillon und erlebten doch noch einen »WOW«-Effekt. Aus hölzernen Booten »spritzten« fontänengleich rote Wollfäden bis zur Decke des Raumes, wo sie sich kreuz und quer miteinander verwoben, dergestalt, dass der Raum vom Boden bis zur Decke vollständig eingesponnen war. An den Fäden waren Schlüssel befestigt, die wie Tropfen von der Decke hingen und eigentlich nur gepflückt werden wollten, »the key in your hand« hieß es hier folgerichtig. Wie im Sterntalermärchen wanderte man unter dem wolligen Himmel. Vielleicht muss man wirklich erst mit dem letzten Hemd bekleidet in einem Boot zu neuen Ufern aufbrechen, bevor einem der Schlüssel in den Schoß fällt. Vielleicht muss man ihn auch pflücken, aus dem blutroten »Lebenssaft«, um damit sein Leben aufschließen zu können. Vielleicht halten wir auch alle den Schlüssel bereits in unseren Händen und haben es nur vergessen. In diesem Pavillon wurden wir endlich »berührt«.

Und wieder sind es die Palazzi, die uns mit ihren vielfältigen Ausstellungen nicht enttäuschen. In besonderer Erinnerung bleibt der Pavillon von Aserbaidschan im Palazzo Lezze am Campo Stefano. Hier waren »nichtkonforme« Künstler der Sowjet-Ära vertreten, und die Kraft und die Farbigkeit, die sich hier dem Betrachter präsentierte, von Menschen geschaffen, die sich ihre innere Freiheit und Kreativität gegen alle Widerstände nicht nehmen ließen, war soviel wahrhaftiger als das blutleere Geschrei so mancher »arrivierter« Künstler. Ist es nicht das, was Kunst in Gegenwart und Zukunft bewahren sollte? Den authentischen künstlerischen Ausdruck, ungeachtet der Erwartungshaltung des Publikums, des verkaufsorientierten Marktes oder der staatlich verordneten Ideologie.

Die Zahl der teilnehmenden Länder an dem Biennalemarathon scheint von Mal zu Mal größer zu werden. Die Anzahl der

Palazzi und Ausstellungsflächen abseits von Insel und Arsenale sind es gewiss. Man sollte sich die Zeit nehmen, vielleicht mehr als einmal im Jahr für wenigstens zwei Wochen in der Stadt umherzustreifen. Reich beschenkt wird man die Heimreise antreten. Und neben dem Palazzo Rossini am Campo Manin liegt ein Garten, angenagt vom Zahn der Zeit in stiller Resignation, und gewährt dem erschöpften Besucher eine schattige Zuflucht.

»Das Leben ist kurz, die Kunst ist lang«, erkannte einst Hippokrates. Das könnte auch eine Drohung sein. Und Berthold Brecht meinte: »Der größte Teil der kulturellen Produktion der letzten Jahrzehnte wäre durch einfaches Turnen und zweckmäßige Bewegung im Freien mit großer Leichtigkeit zu verhindern gewesen.«

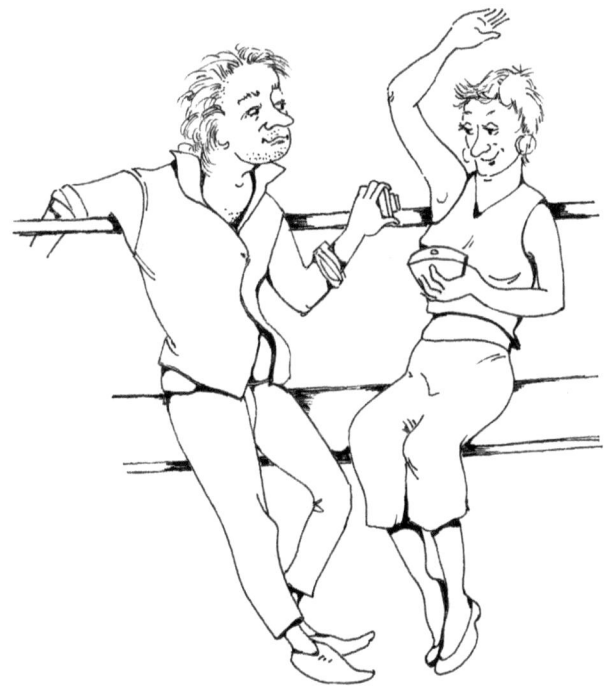

Zwei Vertreter der Spezies »Homo Touristicus Biennalis« nutzen eine Pause zu eigener künstlerischer Aussage: Ablichtung der Achselhöhle

Die Stadt und der Müll

Wie die Stadt Venedig es schafft, nicht jeden Tag im Müll zu versinken, ist genau besehen bewundernswert. Über die knapp 54000 Einwohner der historischen Kernstadt fallen jedes Jahr zwischen 20 und 30 Millionen Touristen her. Nur zirka zweieinhalb Millionen davon nutzen die Angebote in Form von mehrtägigen Aufenthalten in Hotels und Pensionen, besuchen Museen und Theater, alle anderen fallen unter den Begriff »Tagestouristen«.

Von mächtigen Kreuzfahrtschiffen ausgespuckt, deren Fassungsvermögen bei 3000 bis 4000 »Kreuzfahrern« liegt, oder auf Ausflugsbooten von den Campingplätzen des Festlands herangeschleppt, verstopfen sie über Monate die Gassen und Plätze der Stadt, lagern auf Kirchenstufen und Brücken, drängeln sich in dicken Trauben auf den Vaporetti und belagern, statt das heimische Handwerk zu stützen, die Billigsouvenirstände mit ihrer importierten Massenware. Die Reste ihrer mitgebrachten Lunchpakete (Venedig zum Spartarif), ihre benutzten Taschentücher und gebrauchten Windeln (denn selbstverständlich ist es überaus sinnvoll mit einem Kleinkind im Hochsommer durch Venedig zu schieben), türmen sich des Abends an Hausecken, begraben überfüllte Abfallkörbe unter sich, und trudeln im Rhythmus von Ebbe und Flut auf dem Wasser der Kanäle. Sie selbst haben spätestens mit Einbruch der Dunkelheit die Stadt verlassen, um pünktlich mit dem ersten Gong über ihr mehrgängiges Menü herzufallen, das auf dem Kreuzfahrtdampfer auf sie wartet. Selbstredend lässt dieser auch an seinem Liegeplatz die Motoren laufen, die Energieversorgung muss ja gewährleistet sein. Es heißt, in Venedig würden inzwischen an manchen Tagen Feinstaubwerte gemessen wie in Mailand zur Rushhour.

Die an neuralgischen Punkten aufgestellten Abfallkörbe sind diesem Ansturm in keinster Weise gewachsen, obwohl es den

Bewohnern der Stadt streng untersagt ist, ihren Hausmüll darin zu entsorgen. 70 Euro Strafgebühr drohen bei Nichtbeachtung, wie wir leider aus eigener Erfahrung bestätigen können. Die Bewohner der Stadt sind gehalten, ihren Müll morgens zwischen 6 und 8 Uhr vor die Haustür zu stellen, besser noch zu hängen, um es gierigen »Räubern« nicht zu leicht zu machen. Zwar wird der Müll jeden Tag entsorgt, die Müllwerker treten ihren Dienst aber erst ab 8 Uhr in der Frühe an. Ratten, Möwen und auch der eine oder andere Hund haben also ausreichend Gelegenheit, nach verwertbaren Essensresten zu fahnden. Mit Schnäbeln, Zähnen und Klauen werden Verpackungen und Mülltüten zerfleddert und weithin verteilt. Der fleißige Müllwerker, bewaffnet mit Handkarren, Eimer, Schaufel und Besen, ist daher erst einmal beschäftigt, den Unrat zusammenzukehren, bevor er ihn in Säcke gefüllt auf seinem Karren verstauen kann.

Bei meinem letzten Besuch erfuhr ich, dass mittlerweile auch das Abstellen vor der Haustür untersagt ist, zumindest in dem Mehrfamilienhaus meiner Kusine Astrid. In einem Raum im Parterre werden die Beutel gelagert, der Müllmann klingelt morgens, damit ihm aufgemacht wird, und er holt sich die Beutel heraus. Wie sich das in unserem Fall in Castello verhält, wo es einen direkten Zugang zur Straße gibt, vermag ich nicht mehr zu sagen, aber dazu später.

Neben dem Restmüll werden im Wechsel mit Papier und Kartonagen auch Lattine, Vetro und Plastica, also Dosen, Glas und Plastik abgeholt, und zwar dreimal in der Woche. Mit reiner Muskelkraft werden dann die Karren zu den Sammelpunkten gebracht, wo bereits schwere Müllboote warten, um die Ladungen entgegenzunehmen.

Diese Boote kurven dann unter beträchtlichem Getöse und mit viel Geschick durch die Kanäle hinüber zum Festland, wo der Müll wiederum verladen und in Verbrennungsanlagen verbracht wird. Abwasser aus den Haushalten und die »Feststoffe« aus den Toiletten werden in Gruben unter den Häusern gesammelt, zerkleinert und später von Klärbooten abgepumpt. Vorbei also die Zeit, wo man sich auf die Flut verließ, um den übelriechenden Inhalt der Kanäle loszuwerden. Kann man es noch besser machen? Ich denke nein. Ich habe größte Hochachtung vor den Männern, die sich jeden Tag durch das zähe Geschiebe der Touristen kämpfen müssen, mit ihren vollbeladenen, schweren Handkarren, treppauf, treppab, über Brücken und durch schmale Gassen.

Angesichts verstreuter Essensreste, verschmierter Hundehaufen, verrotzter Taschentücher, klebriger Getränkedosen und vollgekackter Windeln, die sich so mancher Hausbewohner jeden Morgen vor seiner Haustür betrachten darf, macht man sich hin und wieder Luft in Form von heftigen Unmutsbezeugungen, die, an Tür oder Hauswand angebracht, den Sünder bestrafen sollen. So fand ich eines Morgens an der Mauer, die den Kindergarten umgibt, einen Zettel mit folgender Aufschrift:

»Der hirnamputierte Spacco, der seine unverschlossenen Müllbeutel in der Nähe meiner Haustür deponiert, sodass Ratten und Möwen den Inhalt auf der Gasse verteilen können, fordere ich hiermit auf, das umgehend zu unterlassen, sonst kann er was erleben!!! Wie blöd kann man eigentlich sein??!«

Beim Überqueren der Brücke am Campo Zanipolo konnte ich kurz darauf gerade noch vermeiden, in einen riesigen Hundehaufen zu treten. Braunes, stinkendes Geschmiere zeugte davon, dass zumindest ein Vorgänger nicht so viel Glück hatte. Neben dem Haufen lag ein Zettel, adressiert an den Hundebesitzer: »Der Halter dieses Hundes, der zu faul war, den Sch …haufen zu entsorgen, ist ein Kretin! Nicht der Hund!«

Drastischer die handgeschriebene Warnung an einem Gitter, wie sie gerne angebracht werden, um die Hausecken vor Verunreinigungen aller Art zu schützen, vor allem vor dem Gepinkel der männlichen Einwohner. »Nach Paragraf Soundso (es folgten Auszüge aus mehreren Gesetzestexten) steht dieses Verhalten unter Strafe! Das nächste Mal wird Anzeige erstattet!« Der Stein des Anstoßes befand sich noch an Ort und Stelle. Ein Hundehaufen von durchfallartiger Konsistenz nebst einem zerbröselten Papiertaschentuch, dem Zeichen fruchtloser Entsorgungsbemühung.

Erstaunlicherweise tummeln sich im Schatten angepflockter Boote trotz allem muntere Fischlein im Wasser der Kanäle, und selbst in den heißen, schwülen Sommermonaten hält sich die Geruchsbelästigung in Grenzen. Nur einmal gab es ein dramatisches Fischsterben in der Lagune. Die Ursache waren spät im Frühjahr einsetzende Regenfälle, die den frisch aufgebrachten Dünger von den Feldern im Norden in die Flüsse schwemmten, die in die Lagune münden. Dort sorgte dieser für eine rasant anwachsende Algenpopulation, die wiederum den Fischen den Sauerstoff entzog. Tonnen verendeter, stinkender Fischleiber mussten ausgebaggert werden. Der üble Gestank legte sich wie ein nasser Mantel über die Stadt und trieb den Bewohnern die Tränen in die Augen.

Vor Kurzem konnte ich ein Boot beobachten, das auf dem kleinen Rio vor unserem Fenster dahinglitt. In dem Boot saßen drei junge Leute, augenscheinlich damit beschäftigt, mit Hilfe eines Käschers den schwimmenden Abfall aus dem Kanal zu fischen. Nach eingehender Begutachtung wurde der Fund in einer Tabelle vermerkt. Tags zuvor hatte ich einen Artikel in der Zeitung gelesen, wonach der Bürgermeister eines Ortes in Italien beschlossen hatte, den Bürgern einen Teil der Steuern und Abgaben zu erlassen, wenn sie bereit waren, sich im Gegenzug an öffentlichen Aufgaben zu beteiligen. Aufgeführt wurden unter anderem Straßen- und Wegereinigung und Pflege der öffentlichen Anlagen. Das Modell hatte Erfolg. Die Ausgaben für die bis dato zuständigen Dienstleister konnten erheblich gesenkt werden, sodass trotz Steuerminderung noch ein Gewinn im Säckel blieb, der nun für hübsche Dinge, wie zum Beispiel Ausstattung von Spielplätzen oder Renovierung öffentlicher Einrichtungen, verwendet werden konnte. Gleichzeitig stellte sich bei den Bewohnern des Ortes ein neues Zusammengehörigkeitsgefühl und ein Verantwortungsbewusstsein für die Erhaltung der Heimat ein.

Auch wenn das Hantieren der drei jungen Leute eher nach einer Testaufgabe der Fachschule für Stadtentwicklung aussah, so könnte es für den Bürgermeister von Venedig doch ein Gedankenspiel wert sein. Zugegeben, angesichts der klammen Haushaltskassen der Stadt wird mit einer Steuererleichterung kaum zu rechnen sein. Vielleicht ist deshalb der Vorschlag von Bürgermeister Brugnaro ja doch überlegenswert, Tagestouristen einen Obolus aufzuerlegen, wenn schon nicht als »Eintritt« in den historischen Kern der Stadt, dann eben als »Beitrag« zur anschließenden Reinigung und Müllentsorgung. Schließlich werden jedem Bewohner die Abfallgebühren nach Größe seiner Wohnung berechnet. Da käme allein für den Markusplatz schon einiges zusammen.

Stampatore di Venezia – oder wie ich den Gutenberg von Venedig traf

Im Nordwesten der Insel Venedig erstreckt sich das Sestiere Cannaregio. Man vermutet, dass der Name von der Bezeichnung »Binsenregion« hergeleitet ist, da dieses Gebiet lange Zeit nicht besiedelt war, sich also hauptsächlich Röhricht, Schilf und Schlamm die Gegend teilten, zusammen mit einer Vielzahl von Vögeln und Wasserbewohnern. Vom Osten her schiebt sich das Viertel Castello heran, in dem unsere Wohnung liegt, knapp an der Grenze zu Cannaregio und in südlicher Richtung zum Canal Grande. Wenn man sich nicht gerade im beständigen Strom der Touristen vom Bahnhof in Richtung Rialto durchkämpfen muss, erlebt man ein Viertel zurückhaltender, relativ bescheidener und unaufgeregter Provenienz, dessen kleine Handwerksbetriebe und Geschäfte des täglichen Bedarfs das Wohnumfeld für Arbeiter und Angestellte ist.

Mit Beginn der einsetzenden Dämmerung ist es Zeit für eines unserer schönsten Rituale, den Abendspaziergang. Jetzt gehören die kleinen Weinlokale, die Bars und Geschäfte wieder vorwiegend den Venezianern. Man steht zusammen am Tresen oder draußen auf der Calle bei Wein und Chichetti und lässt palavernd den Tag ausklingen, bevor man sich nach Hause begibt, um sich mit der Familie zum Abendessen einzufinden.

Neugierig schlendern wir durch die Gassen und stecken unsere Nasen in die Auslagen der Läden. Wir schmunzeln über das Angebot eines Elektrohändlers, der neben seinen Uraltfassungen, verstaubten Fin-de-Siecle-Nachttischlampen und Drehschaltern sein Sortiment um die bei uns längst verschwundenen »Klingelzüge« für Toilettenspülungen erweitert hat. Die Handgriffe aus Porzellan erinnern mich an die Wohnsituation meiner Großeltern, die sich ein solcherart ausgestattetes Etagenklo mit vier weiteren Mietparteien auf dem gemeinsamen Flur teilen durften. Mit Schaudern denke ich an das mit einem einfachen Nagel an der Wand befestigte Zeitungspapier, eine in jenen Jahren als völlig ausreichend betrachtete Hygienemaßnahme.

Im Fenster des Frisiersalons hinter der Apostolikirche erblicken wir eine neue Kreation des bekannten Haarkünstlers: eine hochgetürmte Rokokofrisur in Form eines Vogelnestes, welches folgerichtig von einer ausgestopften Amsel bewohnt wird. Der Obst- und Gemüsehändler hat sich wieder selbst übertroffen mit dem liebevollen Arrangement seiner Waren. Im Kurzwarenlädchen gegenüber lauschen die beiden alten Damen, die seit Jahren gemeinsam das Geschäft führen, den Klagen einer Kundin. Auf dem Tresen ausgebreitet liegen mehrere Miederhosen und ein blaues Samtband. Leider erschließt sich uns im Vorbeigehen nicht, was an diesem Abend so beklagenswert ist. Vor dem Fleischerladen hat sich eine Schlange aus Kaufwilligen gebildet, die noch auf ein letztes gutes Stück zum Abendessen hoffen. Von der Auslage des edlen Teegeschäfts mit seinen duftenden Köstlichkeiten und dem dazu passenden Porzellan kann ich mich lange nicht losreißen, während Bertl schon zielstrebig in Richtung Fondamente läuft. Ihn drängt es zu Wein und frischer Abendbrise, die er mit Blick auf die Lagune genießen will.

Wir schlendern durch das Gewirr schmaler Gassen, und nähern uns dem Ort, wo Tizians Haus gestanden haben soll. Zu seiner Zeit gab es die Fondamente noch nicht, stattdessen erstreckte sich hinter seinem Haus ein Garten bis zu den schlammigen Ufern der Lagune. Ich stelle mir vor, wie der Maler nach einem heißen, schwülen Tag im Atelier die kühle Abendluft in seinem Garten genossen hat, während er seinen Blick über das weite Wasser der Lagune bis zu S. Michele und den Dolomiten schweifen ließ – solange zumindest, bis ihn die Moskitos wieder ins Haus trieben.

In der Nähe der Steinmetze und Floristen biegen wir in die Calle del Fumo ein und sehen uns bald vor einer kleinen Ladenwerkstatt stehen, einer Druckerei, einer »Antica Stamperia«, wie sich auf den zweiten Blick herausstellt. In der Auslage werden die Erzeugnisse präsentiert: bedruckte Briefbögen, Postkarten, Visitenkarten, Lithographien und, wie ich meine erkennen zu können durch das spiegelnde Glas des Auslagefensters, Kupferstiche und Radierungen. An der rechten Wand des kleinen Raumes dahinter erkenne ich museumsreife Handdruckpressen, sowohl für Lithografien als auch für Buchdruck. Setzkästen, Rollen, Walzen und altes Werkzeug sind wie in einem Museum ausgestellt und arrangiert. Jetzt meine ich ganz hinten im zunehmenden Dunkel des Raumes eine alte »Heidelberger« zu erspähen. Augenblicklich befinde ich mich zurückversetzt in die Zeit meiner Lehrjahre in der kleinen Offsetdruckerei in München:

Der Geruch nach Druckerschwärze und dem frischen, quasi jungfräulichen Papier, dessen dicke Stapel man mit geübtem Griff aufnahm, seitlich auffächerte und passgenau in die Arme des »Greifers« zu legen hatte, damit dem Transport zu den Druckwalzen der Maschine nichts mehr im Wege stand. Das Stampfen und Pfeifen der kleinen Heidelberger Rollendruckmaschine, die zwar museumsreif, aber immer noch unermüdlich Broschüren und

Flugblätter fabrizierte. Das rote, schwimmende Licht der Dunkelkammer, in der die Filme für die Montagevorlagen der Druckzylinder hergestellt wurden. Die Freude in der Berufsschule, wenn man seine eigenen »Lithos«, seine eigenen auf Stein aufgebrachten Entwürfe, mit der alten Handdruckpresse drucken durfte.

Glücklicherweise ist die Ladentüre unverschlossen, und im Nu befind ich mich mittendrin in diesem Museum. Staunend betrachte ich die Wände ringsum. Ausschnitte aus deutschen Zeitungen berichten über den »Gutenberg von Venedig«, Druckvorlagen, Gemälderepliken, Lithografien, Mustervorlagen für Briefpapier und Visitenkarten, dazwischen ein Merksatz in deutscher Sprache: »Kunst geht nach Brot«. In der Nähe der Eingangstür, auf einem kleinen Tresen, liegt aufgefächert ein Stapel Briefe, adressiert an »Gianni Basso, Gutenberg di Venezia«. Augenscheinlich kommen sie aus aller Welt, und während ich noch verstohlen versuche, die Herkunft anhand der Briefmarken zu entziffern, taucht aus dem Dämmer des hinteren Raumes auch schon der Herrscher dieses kleinen Reiches auf, Gianni Basso.

Auf meine Frage, ob ich mir die Druckerpressen etwas genauer anschauen dürfe, Heidelberger und so weiter, Lehrjahre und so weiter, Erinnerungen und so weiter, da leuchten seine Augen auf. Eine Heidelberger? Oh, ich Glückliche. Nein, eine Heidelberger hätte er nicht zu bieten, aber diese hier und jene da. Und dann frage ich ihn, wie es dazu gekommen sei, dass man ihn den »Gutenberg von Venedig« nenne, und er erzählt:

Dass er sein Handwerk bei den Armenischen Mönchen auf S. Lazzaro gelernt habe, die damals noch eine kleine Buchdruckerei unterhielten. Dass er mit seinem Handwerk immer zu den Ursprüngen und der alten Tradition gewollt und ihn weder Computer- noch Laserdruck interessiert hätten. Vor zirka dreißig Jahren habe er seine Werkstatt eröffnet und im Laufe der Jahre gesammelt, was an alten Geräten zu bekommen war. So habe er auch ein kleines Museum integrieren können, wie ich ja zweifellos feststellen könne. Mit seinem Anspruch habe er für

Aufsehen gesorgt. Selbst bekannte Schauspieler und berühmte Künstler zählten heute zu seinen Kunden. Die Ideen für seine Vorlagen beziehe er aus alten Vignetten und Darstellungen längst vergessener Zünfte. Wenn ich Interesse hätte, könne ich bei ihm individuell gefertigte Briefbögen und Visitenkarten erwerben. Dann nennt er mir einen Preis, der weit unter dem liegt, was ich aus Erfahrung dafür veranschlagt hätte.

Beschwingt verabschiede ich mich von Herrn Basso, und während ich an den Fondamente mit Blick auf die Lagune sitze, auf die sich langsam die Dunkelheit senkt, und mir bei einem Glas Wein die kühle Abendbrise um die Nase wehen lasse, schweifen meine Gedanken immer wieder zu der Antica Stamperia und dem standhaften Gianni Basso.

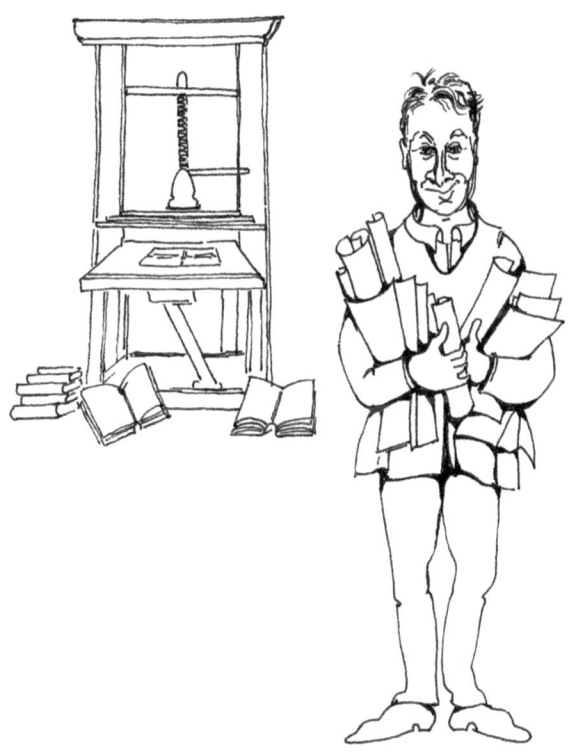

Viel später, wieder in Deutschland, google ich den Gutenberg von Venedig und stelle fest, dass er im Netz eine weite Verbreitung erfahren hat, obwohl er sich selbst dessen nicht bedient.

Scarpe alla Moda

Italienische Schuhe! Ein Begriff, der Schuhfetischisten, Schuhholikern und kaufrauschsüchtigen Frauen das Wasser in die Augen treibt und zur Schnappatmung führt. Auch ich muss gestehen, dass mich die entsprechenden Schaufensterauslagen faszinieren, auch wenn ich mich keiner der genannten Solidargemeinschaften zugehörig fühle. In jungen Jahren der weiblichen Orientierung, geprägt durch die aufkommende Emanzipationsbewegung, bin ich weitgehend immun gegen solcherlei Verführungen, zumal ich meine Gesundheit und Bequemlichkeit in Bezug auf die Auswahl meiner Schuhe mittlerweile an erste Stelle setze. Darüber hinaus hat mich die Natur was Länge und Breite meiner Füße angeht sehr großzügig ausgestattet. Im Normalfall bin ich froh, Schuhwerk zu finden, das nicht aussieht wie die Gesundheitsschuhe meiner Großmutter oder für das ich, sehr zum Erstaunen so manchen Verkäufers, in der Herrenschuhabteilung lande, wo ich mit niederem Absatz, dafür aber genügend Freiraum für meine Zehen vorlieb nehmen muss.

Tatsache ist, italienische Schuhdesigner/innen sprühen vor Einfällen für Größen zwischen 34 und 38. Viele der so entstandenen Werke könnten als reine Kunstobjekte die eine oder andere Ausstellung zieren. Auch am Fuß eines wohlgeformten Beins erzielen sie den von ihren Schöpfern beabsichtigten Anblick. Sobald Bewegung einsetzt, ist die Wirkung leider dahin. Kaum eine Frau beherrscht den dazu erforderlichen Spitzentanz oder das laufstegerprobte Schreiten eines Models. Die Sohlen der superflachen, strassbesetzten Edelflipflops sorgen auf Venedigs Straßenpflaster für blau angelaufene Zehen und geschwollene Fesseln. Ermattetes Schlurfen und gequälte Gesichtszüge zeugen von brennenden Fußsohlen und verspannten Rückenmuskeln, die tapfer ertragen werden müssen. Schwindelerregende High Heels lassen den Oberkörper nach vorne kippen, und während die rudernden Arme versuchen, das Gleichgewicht zu halten, kann man auf dem hochgedrückten Steiß getrost ein Glas Prosecco abstellen.

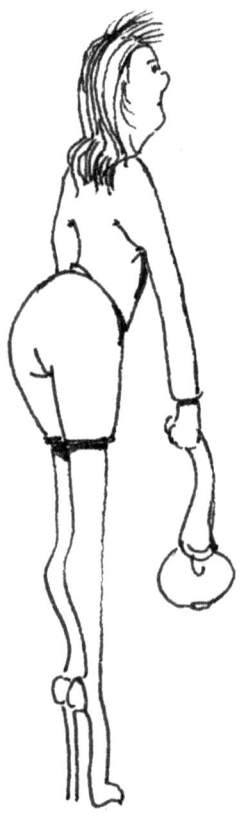

Die bleistiftdünnen, stahlbewehrten Absätze sind gefährliche Waffen im Gedränge auf den Vaporetti. Ein kleiner Schubs, und schon wird der Fuß des Nebenstehenden in die Bootsplanken genagelt.

Auch die aus den 70er Jahren wieder auferstandenen Plateau-
sohlen sind eine Herausforderung. Als hätte ein unerbittlicher
Mafiaclan die Füße der Trägerin in die üblichen Betonsockel ze-
mentiert, und nur ein gnädiger Umstand sorgte dafür, dass ihr
die Flucht gelang. Von Glück kann sagen, wer an der einen oder
anderen Hausecke, Säule oder Laterne eine Verschnaufpause
einlegen kann.

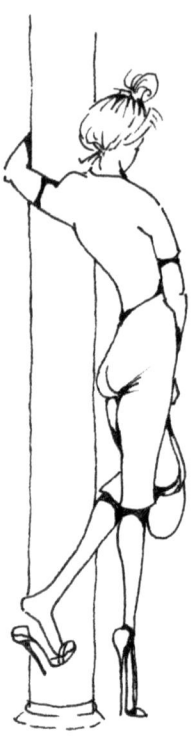

So staksen sie, die modebewussten Frauen, als neuzeitliche Sklaven der Modeindustrie und in vermeintlicher Selbstaufwertung ihrem Hüft–, Knie– und Gelenkverschleiß entgegen. Und die Ironie will es, dass so manche ohne den hilfreichen Arm eines Mannes an ihrer Seite keine zwanzig Meter alleine zurücklegen könnte. Ach, Alice ...

Gibt es zwischen den Extremen »Folterinstrument« und »orthopädisches Schuhwerk« überhaupt eine Alternative für die Schuhe liebende Frau? Aber ja. Hinter dem Campo Lio, vorbei am »Fliegenden Holländer« in Richtung der Osteria »Al Portego« liegt der kleine, feine Schuhladen der Giovanna Zanella. Im hinteren Teil des Ladens hat sie ihre Werkstatt integriert.

An dunklen Nachmittagen und am frühen Abend sieht man sie im Schein ihrer Arbeitslampe an ihrer Werkbank sitzen, damit beschäftigt, überaus originelle und handwerklich hochwertige Schuhe herzustellen. Die maßgefertigten Schätze haben ihren berechtigten Preis, und der Vorteil für »Großfußer« liegt auf der Hand. Wie sonst fände man Schuhe, die originell sind und gut passen? Schuhe in allen Farben und Stilrichtungen, für alle Jahreszeiten und Altersgruppen?

Nie gehe ich an Signora Zanellas Schaufenster vorbei, ohne nachzuschauen, welch neues, kreatives Werk sie in ihrer Auslage präsentiert. Beim letzten Mal schauten mich zwei kleine Schlangenköpfe an, die auf dem Spann der aus eben diesem Leder gefertigten Schuhe ein behagliches Plätzchen gefunden hatten. Dahinter ragten martialisch anmutende Pumps empor, die einer Punkerin zur Ehre gereicht hätten, zierten doch stachelige, orangefarbene Iros die Fersennaht. Und die eleganten mitternachtsblauen Schuhe daneben riefen mir zu: »Kauf mich! Hol mich hier raus!« Aber die Antwort gab leider wie jedes Mal mein Geldbeutel.

Venedig, ein Trimm-dich-Pfad

In Venedig gibt es schätzungsweise 400 Brücken unterschied-lichster Höhe und Länge, die man ehrlicherweise als Treppen bezeichnen sollte. Jede Brücke besitzt mehr oder weniger zahlreiche Stufen, die erklimmt werden müssen, es gibt keinerlei Möglichkeit, sie zu umgehen. Jeder unserer Einkäufe im Supermarkt auf der Strada Nuova erfordert achtmaliges Hinauf und Hinunter, was für einen gesundheitsbewussten Stadtbewohner eine vorzügliche Gelegenheit darstellt, sich zu stählen, indem man die Stufen hüpfend, im Zehengang oder jeweils zwei Stufen auf einmal nehmend überwindet. In eine ausgedehnte Joggingrunde am Morgen lassen sich problemlos 20 bis 30 Brücken einbauen, man sollte nur auf die Hundehaufen achten. Selbst wenn man der Fraktion der Sesselschläfer angehört, zwingt einen die Stadt, sich wenigstens hin und wieder zu bewegen, weil man zu Fuß gehen muss.

Selbstverständlich wird auch »richtig« Sport betrieben. So wird jährlich ein Marathon ausgerichtet, und damit man sich nicht in den Gassen verirrt, wird tags zuvor die Strecke mit Plastikbändern gekennzeichnet. An ausgewiesenen Hotspots muss sich der Teilnehmer während des Laufs registrieren lassen, schummeln geht also nicht. Verstopfte enge Straßen und mühsames Durchkommen zwischen Touristenpulks werden sportlich genommen.

Vor nicht allzu langer Zeit hatte man die Idee, einen Walkingmarathon zu veranstalten. So konnte man beobachten, wie sich schätzungsweise hundert Teilnehmer aller Altersgruppen brückauf, brückab voranmühten. Das Gefuchtel der Walkingstöcke, die sich mit den Selfie-Stangen der Touristen ein Gefecht lieferten, nahm stellenweise bedrohliche Ausmaße an.

Eine andere Sportart, die sich zunehmender Beliebtheit erfreut, ist das Kanuten. Unverdrossen sieht man sie vereinzelt oder in geführten Gruppen durch den dichten Bootsverkehr pflügen. Von einer Eskimorolle wird angesichts des trüben Wassers und des darin befindlichen Abfalls abgeraten.

Kann man im Kanu wenigstens sitzen, erfordert das Paddeln im Stehen auf einem Surfbrett schon eine beachtliche Konstitution. Um bei einem eventuellen Herunterkippen seines Bretts nicht verlustig zu gehen, schmiedet sich der Paddler freiwillig an seinem Brett mit Hilfe einer Fußkette an, wie weiland die Galeerensklaven nicht ganz so freiwillig.

Da seine Füße während der ganzen Fahrt ständig, mal mehr, mal weniger mit Kanalwasser umspült werden, kann man nur beten, dass sich zwischen seinen Zehen weder Pilze ansiedeln noch Schwären bilden, zumal die Umgebungstemperatur dafür die besten Voraussetzungen schafft.

Die eingesessenen Venezianer frönen dagegen einem Sport, der vor nicht allzu langer Zeit die einzige Möglichkeit war, sich und sein Hab und Gut in einer Stadt zu bewegen, die auf einer Vielzahl von Inseln erbaut, von unzähligen Kanälen durchzogen, mitten in einer Lagune liegt; gemeint ist die Voga alla Veneta, das venezianischen Rudern. Der Ruderer steht dabei in Fahrtrichtung auf oder im hinteren Teil des Bootes, da er ja sehen muss, wohin er fährt, wer ihm entgegenkommt oder welche Hindernisse sonst seinen Kurs erschweren.

»Mit den Füßen auf Höhe der Wasserfläche, der Blick hinab ins Wasser, wo sich tatsächlich manchmal Fischlein tummeln, und dabei den ganzen Körper einsetzen, während der Wind warm um die Nase streichelt, das ist unvergleichlich«, schwärmte unlängst ein Freund, der einen der Kurse »Venezianisches Rudern« absolviert hatte, die mittlerweile für Touristen angeboten werden.

Jedes Jahr im Mai dürfen dann alle, die ein Ruderboot besitzen und sich einen Marathon zutrauen, der sich über 30 Kilometer erstreckt, an der »Vogalonga« teilnehmen. Zugelassen sind alle Bootsklassen, auch selbst entworfene. Bis zu 1500 Boote hatten sich das letzte Mal am Bacino vor dem Markusplatz zum Start versammelt, um über die Lagune bis Murano, den Cannaregio Canal und den Canal Grande zurück bis zum Ausgangspunkt zu rudern. Bei diesem Ruderereignis geht es nicht um Gewinnen und Verlieren, sondern um Tradition und um das Gedenken an einen schonenden Umgang mit der Natur und den Ressourcen.

Im Gegensatz dazu findet bei der »Regatta Storica« und diversen anderen Veranstaltungen ein echter Wettkampf statt, der von den Rudervereinen ausgetragen wird. Dabei kommen Gondolini, kleinere Gondeln für Regatten, Caorline, Regattaboote für sechs Ruderer, und die Mascareta da regata, ein Boot mit schmalerem Rumpf, welches von Frauen genutzt wird, zum Einsatz. Da fast das ganze Jahr über trainiert wird, dürfen wir hin und wieder eifrige Ruderer jeden Alters betrachten, die mehr oder weniger zügig an unserem Fenster vorbeigleiten. Ein abenteuerliches Unterfangen zwischen Gondeln, Wassertaxen, Transportbooten und den erwähnten Wassersportlern. Da kann es schon mal passieren, dass man sich an einer Hauswand entlang hangeln muss, um sein Boot aus einem engen Seitenkanal um die Ecke zu bugsieren.

Unsere sportliche Tätigkeit erschöpft sich währenddessen im freundlichen Erwidern der Grüße, die uns zum Fenster hereingeschickt werden, und im Anheben unserer Weingläser.

Auf dem Vaporetto

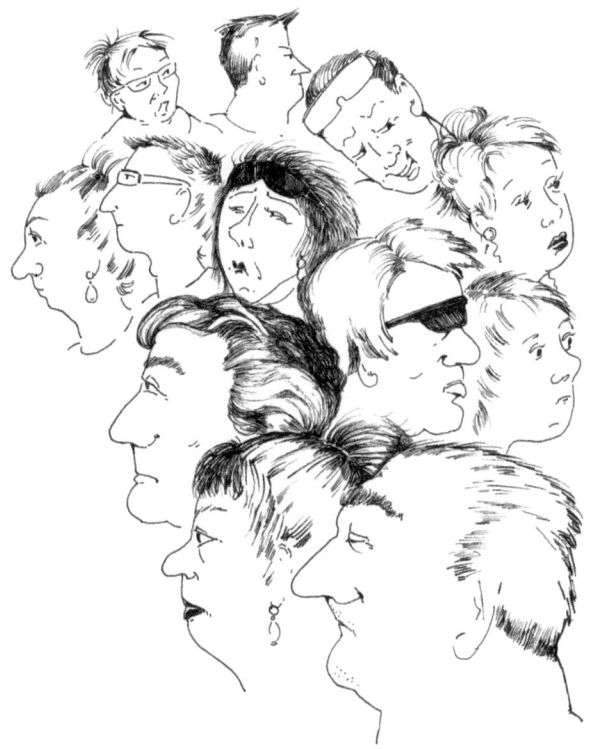

Wie gerne fahre ich auf dem Vaporetto! Dieses »Dampfschiffchen«, so die genaue Übersetzung, wird zwar heute mit Dieselmotoren betrieben, die gemütliche Fahrt begleitet aber nach wie vor ein Stampfen und Röhren, ein Schlingern und Rumpsen bei mehr oder weniger gelungenen Anlegemanövern. Für einen Augenmenschen wie mich bietet eine solche Fahrt eine Art Festmahl. Jenseits der Reling ziehen Prachtbauten vorbei, an Deck sorgen die Fahrgäste unterschiedlichster Herkunft und Couleur für Abwechslung. Da die Venezianer auch auf dem Vaporetto ihren Emotionen Luft zum Atmen lassen, sehe ich mich oft in der Rolle eines Zuschauers, der kleinen »Aufführungen« beiwohnen darf, die, auch wenn man nicht alle Worte versteht, die kleinen Befindlichkeiten und Dramen des Alltags vermitteln.

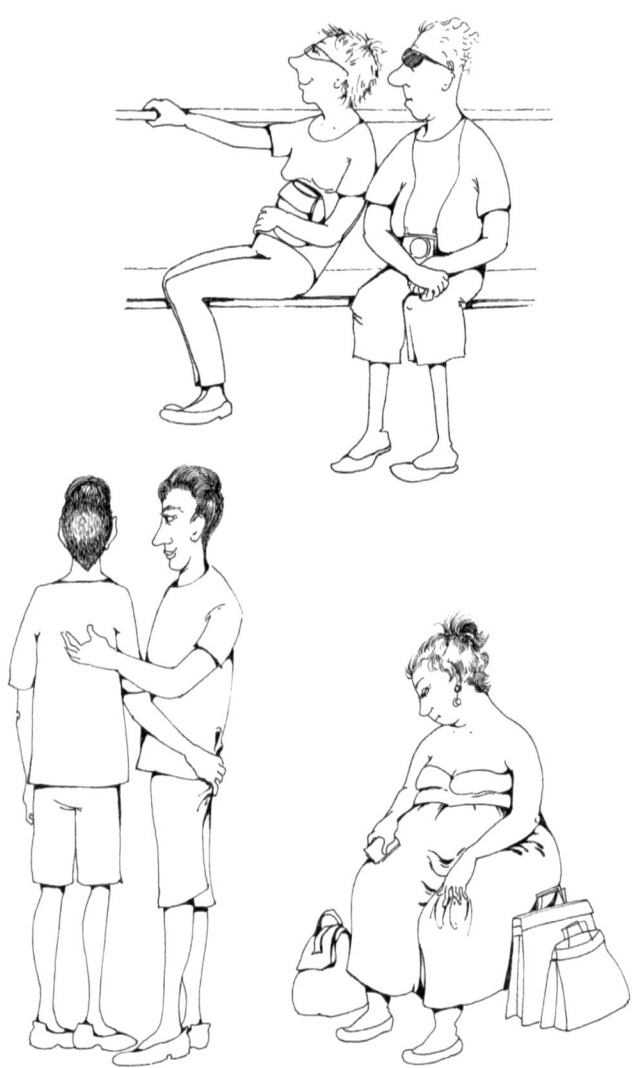

Auch bei der venezianischen
Marine ist die Emanzipation
nicht mehr aufzuhalten

Kurzweilig ist somit jede Fahrt, selbst eingepfercht in eine unbeweglichen Masse schwitzender Leiber, mit zusammengebissenen Zähnen und geblähten Nasenflügeln das Anlaufen der Zielstation erwartend. Erinnerungen an den »Weiß Ferdl«, den Münchner Volkssänger, sind da nicht weit, der mit seinem »Wagen von der Linie 8« der heillos überfüllten Straßenbahn und ihren grantelnden Fahrgästen in der Nachkriegszeit ein Denkmal gesetzt hat. In der Tat reißen auch den überaus pragmatischen Venezianern die Geduldsfäden, wenn sie sich Tag für Tag mit rücksichtslosen Touristen abfinden müssen, die ihre Kinder auf die für alte Leute reservierten Plätze setzen, nicht beiseite treten, wenn man aussteigen muss, weil sie die Sprache nicht verstehen, den Dahinterstehenden den prallen Rucksack ins Gesicht drücken oder mit ihren überdimensionierten Rollkoffern den Gang zustellen. Jeden Tag der gleiche Kampf auf dem Weg zur Arbeit. Da wundere ich mich eher über die Gelassenheit, die doch die meisten der Bewohner immer noch auszeichnet.

»Bitte schön, ich möchte aussteigen.«
»Ja, dann steig halt aus.«
»Aber ich kann nicht!!«
»Ja, dann kann ich Dir auch nicht helfen«,
singt der Weiß Ferdl, und:
»Lossen S' eana Nasendräpfal ned grod auf mi foin.«
»Ja hiinauf ko is a ned foin lossn.«
»Permesso, permesso … scusi … Madonna!!«
Guter Gott!

Bella Figura

Es gab einmal eine Zeit, da war es für den gut situierten Bürger in Deutschland üblich zu promenieren. Bei dieser Tätigkeit, die vorzugsweise an Sonn– und Feiertagen stattfand, begab man sich, herausgeputzt in feinem Zwirn und aufgerüscht nach neuester Mode, an die frische Luft und marschierte dort auf eigens zu diesem Zweck angelegten Promenaden auf und ab. Neben der körperlichen Bewegung, die meist dringend nottat nach einem opulenten Sonntagsessen, kam es darauf an, seine Umgebung mit Hilfe seiner äußeren Erscheinung und des damit verbundenen Auftretens so gut es ging zu beeindrucken und sich gegebenenfalls ebenso beeindrucken zu lassen.

Dieser Brauch existiert bei uns schon lange nicht mehr oder er findet in anderer Form an anderen Orten statt. Der Italiener aber hat ihn sich bis heute bewahrt. Man nennt ihn »bella figura«. Völlig unmöglich die Vorstellung, in gewöhnlicher Kleidung oder gar Jeans, eine Theateraufführung zu besuchen. Für den kleinen Bummel am Bacino nach dem Abendessen zieht man sich ebenso selbstverständlich um wie für den sonntäglichen Besuch bei Mama.

Die Wiederbelebung des venezianischen Karnevals und seine Anziehungskraft beruhen einzig auf den fantastischen Kostümen und Masken und der Lust sich darzustellen. Nichts anderes findet in diesen Tagen auf den Straßen statt. Von den exklusiven Bällen, die hinter den Palazzimauern stattfinden für private oder zahlende Klientel, dringt nichts nach draußen, wo man herausgeputzt zwischen Markusplatz und Piazzetta hin- und herläuft und in attraktiven Posen für die beruflichen Fotografen und Touristen posiert. Insgeheim hofft man, seine Maske im Internet oder einer überregionalen Zeitschrift wiederzufinden. Höhepunkt dieses Treibens ist dann folgerichtig auch nur die Prämierung der schönsten Maske, der beeindruckendsten »bella figura.«

*Ab einem bestimmten Alter sollte man vielleicht auf
enge Hosen besser verzichten. Vielleicht auch ab einem
gewissen Leibesumfang.*

Auch im alltäglichen Leben begegnet man ihr auf Schritt und
Tritt. Und während sich Millionen Touristen täglich in Shorts
und T-Shirts, in Turnschuhen und Gesundheitslatschen durch
die Gassen schieben, hat bei mir bereits das Umdenken eingesetzt. Leinenkleid, Kette, Brosche, Lippenstift und gepflegtes
Haupthaar, farblich passende Schuhe sowie Handtasche sind ja
das Mindeste, was man von sich erwarten sollte, bevor man zur
Haustür hinaustritt!

Pronto Soccorso

Neben der Kirche S. Giovanni e Paolo (Zanipolo), befindet sich das Gebäude der ehemaligen Scuola San Marco, erbaut im Stil der venezianischen Frührenaissance und im rechten Winkel versetzt zu besagter Kirche. »Scuola« meint in dem Fall nicht den Begriff »Schule«, sondern bezeichnet bestimmte Zünfte und Laienbruderschaften, die es sich zur Aufgabe gemacht hatten, karitative und soziale Belange der Bürger ihrer zugeordneten Stadtviertel zu verwalten. Im 19. Jahrhundert wurde die Scuola San Marco unter Österreichischer Herrschaft in ein Militärkrankenhaus umfunktioniert. Heute befindet sich darin, und in den neu erbauten Gebäuden dahinter, das größte Hospital Venedigs, kurz »Ospedale« genannt. Die prächtige Eingangshalle der ehemaligen Scuola dient als Durchgang zu den dahinter liegenden Räumen und Sälen des Krankenhauses, und man darf sich auch als neugieriger Besucher darin und in den schönen Innenhöfen der weit verzweigten Anlage umsehen. Das Ospedale liegt von unserer Wohnung nur ein paar Ecken entfernt, ein glücklicher Umstand, wie sich herausstellen sollte.

In jenem Spätsommer stand unser Aufenthalt in Venedig unter keinem guten Stern. Kurz vor der Abreise in Deutschland musste sich Bertl einer Operation unterziehen, nach deren Verlauf sich krampfartige Schmerzen in seinem linken Bein einstellten, die nicht weichen wollten. Besorgte Hinweise tat er leichtfertig als Muskelkrämpfe ab, dem Liegen und der mangelnden Bewegung geschuldet. Ihn drängte es nach Venedig, wo, wie üblich, mehrere Renovierungsarbeiten warteten, und sich überdies Besuch angesagt hatte, für den wir einiges vorbereiten wollten.

Als wir nach Stunden erschöpft in der Stadt ankamen, hatte sein Bein das Aussehen eines Elefantenfußes angenommen. Der eilends besorgte Kompressionsstrumpf und die Venensalbe zeitigten über Nacht keinerlei Wirkung, und da meine wachsende

Besorgnis in keinster Weise Bertl dazu bringen konnte, einen Arzt aufzusuchen, hatte ich mich um Unterstützung an den Mann meiner Kusine Astrid gewandt, die, wie schon erwähnt, ebenfalls in Venedig eine Wohnung besaß.

Wolferl, ein eher kleiner, schmal gebauter Mann, hatte bereits das beachtliche Alter von 87 Jahren erreicht, und seine zunehmende Schwerhörigkeit und die nicht mehr ganz so frische Beweglichkeit kommentierte er gern mit den Worten: »Ich bin ja schließlich keine 85 mehr!« Darüber hinaus war sein Geist hellwach und seine politische Gesinnung stramm links, was zwischen uns zu so manchem Schlagabtausch führte, der aber ob seines Humors nie wirklich unversöhnlich wurde.

Zwei Stunden vor der verabredeten Zeit schepperte der Türklopfer und Wolferl begehrte Einlass. Mitgebracht hatte er einen ordentlichen Packen ausgedruckter Internetrecherche zum Thema »Thrombosen des inneren Venensystems und ihre möglichen katastrophalen Folgen für Gesundheit und Leben«. Jetzt endlich wurde auch Bertl hellhörig und erklärte sich bereit, umgehend die Notaufnahme des Ospedale, den Pronto Soccorso, aufzusuchen. Wolferl, die gute Seele, heftete sich an unsere Fersen, fest entschlossen, uns im Wirrwarr der venezianischen, bürokratischen Aufnahmebedingungen beizustehen.

In der Eingangshalle empfing uns ein Glaskasten von beachtlicher Größe, in dessen Innerem sich zwei uniformierte, gewichtstechnisch herausgeforderte Männer fortgeschrittenen Alters befanden, deren klar begrenzte Aufgaben auf den ersten Blick ersichtlich waren, die »receptioniste in ospedale«, die »Empfangschefs des Krankenhauses« zu sein.

Der ältere von beiden hatte ein kleines Fensterchen zu bewachen, welches auf einer Seite des Glaskastens dem Besucher dazu diente, sein Begehr kundzutun. Der andere saß auf der entgegengesetzten Seite vor einem Computer, wo er bewegungslos auf den Bildschirm starrte, ohne auch nur einmal den Blick zu heben. Seine rechte Hand umklammerte die Maus, die linke verharrte zirka fünf Zentimeter über der Tastatur und geriet nur in Bewegung, wenn der Zeigefinger, einem Habicht gleich, auf eine der Tasten hinunterstieß, wobei jedes Mal geschätzte zwei Minuten vergingen, bevor wieder eine Beute ausgemacht war. Beide hatten sich ihrer Uniformjacken entledigt und die Ärmel ihrer verschwitzten Hemden hochgekrempelt.

Wir bauten uns vor dem Fensterchen auf und harrten geduldig der Dinge. »Vuoi?« Rezeptionist Uno kramte ein feuchtes Taschentuch aus der Hosentasche und wischte sich den Nacken. Wir hatten uns im Vorfeld etwas schlau gemacht in Bezug auf italienische medizinische Fachausdrücke und begannen nun, mit unserem mageren Schulitalienisch, durchsetzt mit englischen Brocken, Bertls Krankheitsbild vor ihm auszubreiten. Der Blick in das zunehmend verständnislose Gesicht unseres Gegenübers hinter der Scheibe aber ließ uns alsbald hilflos verstummen.

Jetzt schlug Wolferls Stunde. Gestikulierend schickte er einen Schwall für uns kaum verständlicher Worte durch das Fensterchen, bis sich im verschwitzten Gesicht des Rezeptionisten ein verständnisvolles Lächeln ausbreitete. Mit breit ausholenden Armbewegungen wurde uns der Weg zum »Pronto Soccorso«, zur Notaufnahme, dargelegt, ungeduldig unterbrochen von Wolferl, der irgendetwas murmelte im Sinne von, er habe verstanden, um sich sodann eilenden Schrittes in die weitläufigen Fluchten und Höfe des Ospedale aufzumachen, mit uns im Schlepptau.

Vor dem Pronto Soccorso erwartete uns ein weiterer Glaskasten, dessen Rezeptionist uns aber nur ungeduldig durchwinkte in einen Raum, vollgestellt mit Plastikstühlchen, einem lautstarken Fernseher, einem Ticketautomat und wiederum einem Glaskasten, in den man einzutreten hatte, wenn man, nach erfolgter Ticketentnahme, mit seiner Nummer aufgerufen wurde. Die Plastikstühlchen waren, bis auf wenige Ausnahmen, besetzt von hilfesuchenden Menschen im unterschiedlichsten Erhaltungszustand.

Kaum Platz genommen, nickte Wolferl erschöpft ein, und während Bertl dem Gehopse leicht bekleideter Frauen auf dem Fernsehschirm folgte, betrachtete ich verstohlen unsere Schicksalsgenossen auf den Stühlchen ringsum: durchgeblutete Arm und Beinverbände, leichenblasse, verkrampfte Gesichter, gekrümmte Leiber, ein jammernder Säugling, ein quengelndes Kleinkind... wir waren völlig fehl am Platz. Lächerlich, eine Notaufnahme zu konsultieren wegen einer vermeintlichen Thrombose...

Nach zwei Stunden, wir waren mittlerweile die Einzigen im Raum, wurden wir in den Glaskasten beordert. »Qual e il nome?« »Baumeister.« »???« »Baumeister... Bologna, Ancona, Umbria, Milano...« Wolferl war in seinem Element. »Okay, Wohnort?« Der Rezeptionist in diesem Glaskasten war sowohl des Englischen als auch des Deutschen mächtig, wie wir erleichtert feststellten. »Bologna...« Wolferl hatte ob seiner Schwerhörigkeit nicht mitbekommen, dass man zum nächsten Punkt übergegangen war, und wiederholte geduldig die Schreibweise dieses fremden

Namens. »Bologna?« Ein erstaunter Blick des Rezeptionisten. »Sie kommen von Bologna in die Notaufnahme nach Venedig?« »Äh ... nein, wir wohnen in Venedig ...«, warf ich ein. Der Rezeptionist wischte ungeduldig mit der Hand in der Luft in Richtung Wolferl, der, mittlerweile bei »Emilia« angekommen, merkte, dass etwas an ihm vorbeilief, und gekränkt verstummte.

»*Solo una persona!*«

Das weitere Ausfüllen des Formulars verlief ohne größere Schwierigkeiten und wir durften erneut Platz nehmen. Eine halbe Stunde später öffnete sich die Tür zu einem angrenzenden Flur und es erschien eine weiß uniformierte Angestellte. Gemessenen Schrittes begab sie sich in den Glaskasten, wo ihr ein Zettel gereicht wurde, den sie mit gerunzelten Brauen minutenlang studierte, um danach wieder durch besagte Tür zu entschwinden. Weitere 10 Minuten vergingen. Die Tür öffnete sich erneut, die weiß Gekleidete winkte uns, ihr zu folgen. Mit steifem Rücken und Beinen erhoben wir uns, da drehte sie sich um und schnarrte: »Solo una persona!«, was bedeutete, nur eine Begleitperson wird zugelassen. Wolferl muss zurückbleiben. Bertl und ich folgten ihrem durchgedrückten Rücken, der aus jeder Pore die Überzeugung der eigenen Bedeutung schwitzte, zu einer Tür, wo wir in die Obhut einer weiteren weiß Bekleideten übergeben wurden. Wie es aussah, gab es von Tür zu Tür einen Arbeitsplatz mit eigener Stellenbeschreibung.

Nun wurden wir in einen Raum entlassen, dessen breite Fensterfront von einem leergefegten Schreibtisch eingenommen wurde, hinter dem ein Dottore thronte. Neben dem Dottore stand in gebührendem Abstand ein junger Mann in grünem Kittel. Wie sich herausstellen sollte, wurde er eigens dazu abkommandiert, Übersetzungsarbeit zu leisten, denn der Dottore war nur seiner Muttersprache mächtig.

Relativ schnell konnten wir dem Grünkittel nun unser Anliegen darlegen, unterbrochen nur vom Dottore, der zunehmend missmutiger zwischen uns hin- und herblickte und dem es immer weniger gefiel, so auf seinen Untergebenen angewiesen zu sein. So verlegte er sich mehr und mehr auf pantomimische Unterstützung seiner Ausführungen, er rollte mit den Augen, griff sich ans Herz, schnappte nach Luft und röchelte zum Erbarmen, zaghaft unterbrochen vom Grünkittel, dessen wenigen Worten wir nun entnahmen, dass der einzige Arzt, der in diesem Krankenhaus die Kenntnis darüber hatte, wie ein Gerät funktioniert, mit dessen Hilfe man mit einer Komplementärflüssigkeit den Durchlass beziehungsweise die Verstopfung des Venesystems messen konnte, heute nicht zur Arbeit erschienen war (Schulterzucken) und man auch nicht wusste, ob er morgen kommt (erneutes Schulterzucken). Und da es zu gefährlich sei, weiterhin einfach herumzulaufen (Augenrollen, Schnappatmung), womöglich riskiere man eine Embolie (Röcheln, ans Herz greifen), und ich ja wohl kaum in der Lage sei (abschätzender Blick), einen derart großen und schweren Mann (weiterer abschätzender Blick, diesmal in die andere Richtung) im Falle einer solchen Notlage hierher zu expedieren, gäbe es nur eine Lösung: Bertl muss dableiben, wie lange, das müsse man sehen.

Ich eilte nach Hause, packte das Nötigste zusammen und brachte es in die Notaufnahme, den Weg kannte ich ja nun. Bertl lag in einem schmalen Bett, von anderen Notfallpatienten durch einen Vorhang getrennt, und war schlechter Laune. Ich vermochte kaum, ihn zu trösten, denn am nächsten Tag sollte ich einen Handwerker in Empfang nehmen, der endlich, nach wiederholter Terminverschiebung vonseiten der Firma, unsere Gastherme reparieren wollte, die ein sturzbacharтiger Wasserfall, hervorgerufen durch ein Gewitter einige Tage davor, unter Wasser gesetzt hatte.

Am Abend dieses Tages, die Gastherme konnte nach erfolgter Reparatur glücklicherweise ihre Arbeit wieder aufnehmen, teilte mir Bertl telefonisch mit, dass er noch weitere Tage im Ospedale zu verbleiben hatte. Seine Laune war nun endgültig im Keller. Ich verabredete mich mit Wolferl für den nächsten Tag im Ospedale, um den Stand der Dinge zu eruieren.

In aller Herrgottsfrühe machten wir uns auf den Weg. Im Glaskasten saßen erwartungsgemäß die Rezeptionisten an ihrem angestammten, gewerkschaftlich ausgehandelten und sorgsam kontrollierten Arbeitsplatz. »Vuoi?« Durchs Fensterchen fragen wir nach dem Verbleib des Patienten Baumeister, und wo bitte ist die Station, in die er vor zwei Tagen verbracht wurde?

»Boimasta«? »Baumeister ... Bologna, Ancona, Umbria ...« »Un momento ...« Der Rezeptionist kramt nach Stift und Papier. »Bologna ... Ancona ... Umbria ... Milano ...« Wolferl dekliniert langsam zum Mitschreiben. Sorgfältig notiert der

Rezeptionist jeden Buchstaben, watschelt dann zu seinem Kollegen, der sich augenscheinlich seit Tagen nicht von seinem Bildschirm hat lösen können, und beide forschen nun nach dem Verbleib des Herrn Baumeister. Klicken, scrollen, klicken, scrollen, Kopfschütteln, erregte Diskussion, klicken, scrollen, Kopfschütteln … Der Rezeptionist kommt zurück zum Fensterchen. »Mi scusi, era il nome Baumeister?« »Si, Baumeister.« Wolferl hebt erneut an: »Bologna, Ancona, Umbria, Milano …« Der Rezeptionist läuft zurück zum Computer, begleitet vom Wolferl, der, die Finger an die Scheibe geklebt wie ein Gecko, von außen mitläuft und unablässig wiederholt: »Bologna, Ancona, Umbria, Milano …« Aber sie finden ihn einfach nicht, den Patienten Baumeister. Am Ende müssen wir uns die Frage gefallen lassen, ob wir sicher seien, im richtigen Krankenhaus zu sein. Da platzte mir der Kragen. »Vor zwei Tagen waren wir doch noch in der Notaufnahme, Herrgott nochmal! Vielleicht sollte man mal das Computerprogramm überarbeiten …«

»Pronto Soccorso?« Beide receptioniste starrten mich an. »Ach so! Ja, die Patienten in der Notaufnahme könne man im Computer natürlich nicht finden!« Und dann wird uns zum wiederholten Mal der Weg erklärt, den wir ja bereits kennen.

Ach, es ist schon mühsam mit diesen Fremden! Ist es denn so schwer zu verstehen, dass ein Hilfesuchender so lange in der Notaufnahme zu verbleiben hat, bis ein kompetenter Arzt, ausgestattet mit der nötigen Arbeitsplatzbeschreibung und dem dazu gehörenden gewerkschaftlichen Segen, sich die Zeit nimmt, einen Befund festzustellen, der entweder zur Entlassung oder zum weiteren Verbleib in der jeweiligen Station führt? Das kann bis zu ein oder zwei Wochen dauern! Denn wenn eines nicht geduldet wird, dann ist es die Überschreitung des zugewiesenen Arbeitsfeldes. Kopfschüttelnd und lächelnd wendet man sich ab und wünscht: »Bon giorno.«

Bertl durfte tags darauf nach Hause. Unter der Bedingung, dass er sofort zur weiteren Diagnose und Behandlung ein Krankenhaus in seinem Heimatland aufsucht. Zur Vorsicht hatte man ihm wegen der langen Autofahrt so viel Heparin gespritzt, dass sich auf dem Heimweg ein weiteres Blutgerinnsel löste und wir gezwungen waren, im Schwarzwald, auf der Hälfte des Weges, erneut eine Notaufnahme aufzusuchen.

Aussichten

Mordi e Fuggi, so nennen die Veroneser die Tagestouristen. Übersetzt heißt das: »Beiß ab und hau ab«. Ich interpretiere das einmal als Aufforderung und zum anderen als Klage: »Sie beißen ein Stück ab und verschwinden wieder.« Gastfreundlich ist anders, aber wen wundert`s?

Auf die 30 Millionen Touristen, die jedes Jahr in Venedig einfallen, dürfte wohl der missmutige zweite Seufzer gemünzt sein. Lediglich zweieinhalb Millionen von ihnen bleiben schätzungsweise ein paar Tage oder länger, hinterlassen also nicht nur Abfall oder befeuern den Handel mit Billigimporten und den Umsatz der Eisverkäufer, sondern sorgen dafür, dass auch Hotel– und Restaurantbesitzer, Museen und Kirchen, soweit diese Eintritt verlangen, ihren Anteil am Steueraufkommen der Stadt leisten können. Alle zwei Jahre, wenn die Biennale in die Stadt einzieht, holt man sich ein Stück von dem entgangenen Kuchen zurück, indem man die Preise für Unterkunft und Verpflegung kräftig in die Höhe schraubt. Leider bleibt unter dem Strich nicht viel übrig, da den größten Batzen an klingender Münze die ferne Stadt Rom einstreicht, mit dem Ergebnis, dass Venedigs Schuldenberg neben dem Rialto die höchste Erhebung der Inselgruppe darstellt. Den Preis, den die Stadt zu zahlen hat in Form von Umweltbelastung und schwindender Lebensqualität für ihre Bewohner, findet in keiner Kosten-Nutzen-Rechnung Erwähnung. Angedachte Projekte zur Verbesserung der Lage verharren im Stillstand des Gedenkens oder versanden im wahrsten Sinne des Wortes, wie auf dem Lido zu betrachten, wo man den Plan, eine Art Habitat für gut Betuchte samt Yachthafen zu errichten, in einer Baugrube findet, die was beherbergt? Müll natürlich.

Auch das Moseprojekt dümpelt dahin, und die Absicht, den Giudeccakanal für die riesigen Kreuzfahrtschiffe zu sperren, ist so weit »ab« von irgendwelcher »Sicht«, dass auch mit Fernglas keine Tatkraft auszumachen ist. Da mutet es hilflos und rührend an, dass verzweifelte Umweltschützer sich vor den Bug eines dieser auslaufenden Schiffsungetüme geworfen haben, hinein in die Fluten des Kanals, um auf die fortschreitende Zerstörung der Fundamente durch die massive Wasserverdrängung und den Wellengang und die Belastung der Atemluft durch die ständig laufenden Dieselmotoren aufmerksam zu machen. Wie gesagt: Angeblich erreicht die Feinstaubbelastung in den Sommermonaten Werte wie in der Rushhour in Mailand. Denn auch am Hafenliegeplatz muss ja der Motor laufen, um die Getränke schön kühl zu halten für den »Kreuzfahrer«, der nach einem Besichtigungsmarathon verschwitzt und erledigt wieder die Gangway hinauftaumelt.

Ebenso rührend die Mahnung auf einem Banner an einer Häuserzeile neben der Rialtobrücke: »No Mafia! Venezia e sacra!« Ja, wo es nach Geld und Aufträgen riecht, ist die Mafia nicht weit.

Eine kurze Zeit gibt es, in der sich diese trotz allem schöne Stadt dem Besucher in gelöster, nahezu friedlicher Weise präsentiert. Zwei Wochen vor Weihnachten, wenn die Fremden an ihre heimatlichen Orte zurückgekehrt sind und die Italiener vom Festland ihre Weihnachtseinkäufe getätigt haben. Es ist die Zeit, in der sich alte Frauen wieder auf die Straße trauen, wo ihrem Fortkommen mit Gehhilfen und Stöcken, untergehakt zu zweit oder dritt, nichts mehr im Wege steht.

Kein mühsames Schieben durch verschwitzte Leiber, kein Geschubse und immer ein Platz frei auf den Vaporetti. Im fahlen Licht der Wintersonne liegt die Stadt in einer Art Wachkoma. Nahezu sauber gefeudelte Straßen und Plätze, auf den Bänken unter den kahlen Bäumen sitzen Hausfrauen, Rentner und Studenten und genießen die letzten warmen Sonnenstrahlen. Kleinkinder ruckeln auf ihren Dreirädchen über die Pflastersteine oder jagen die Tauben, die zwischen den Bänken nach Krümeln picken. Die älteren Kinder spielen Fußball oder sitzen auf den Pozzi, den alten Zisternen, und haben die Köpfe über ihre Smartphones gebeugt.

Im nebligen Dunkel des frühen Abends schwimmen die Konturen von Basilika und Dogenpalast über dem menschenleeren Campo, und die blauen Lichterketten der Weihnachtsbeleuchtung unter den Arkaden muten an wie die Positionslichter eines Raumschiffs. Die neu gewonnene Stille ist befremdlich. Monatelang haben sich die Sinne eingestellt auf das Geplärr und Geschnatter tausender Menschen, hat sich die eigene Bewegungsmöglichkeit orientiert an der drangvollen Enge in verstopften Gassen, wähnte man sich in einer Metropole, deren überheizte Geschäftemacherei nur noch mit Humor und Fatalismus zu ertragen wahr. Nun stellt man plötzlich fest, dass Venedig nichts weiter ist als eine Kleinstadt, deren gerade mal 54000 Einwohner sich derart verlaufen, dass man sich mancherorts völlig allein wähnt. Gleichsam einem Statisten in einer leeren Filmkulisse, der es versäumt hat, den Drehort rechtzeitig zu verlassen und nun, etwas beklommen, auf dem verwaisten Filmgelände umherirrt.

Tatsächlich ist der Film, der hier gedreht wird, ein Flickwerk, an dem sich im Lauf der Zeit viele Regisseure, Schauspieler, Kameraleute, Produktionsleiter und Investoren die Zähne ausgebissen haben. Ein Film, zu dessen Drehzeiten sich Millionen Statisten einfinden, die allein durch ihre schiere Masse den Drehort derart bevölkern, dass kein vernünftiges Drehbuch umgesetzt werden kann. Sofern man davon ausgeht, dass es das je gab. Nun, leider stellt sich im Verlauf der Dreharbeiten jedes Mal heraus, dass kein Konsens darüber herrscht, welcher Film überhaupt gedreht werden soll. Jeder der Verantwortlichen hat diesbezüglich seine eigenen Pläne, folgt seinen eigenen Interessen und Projekten. Die Produktionskosten haben sich mittlerweile in schwindelnde Höhen geschraubt, wobei der Begriff »schwindelnd« durchaus doppelbödig zu verstehen ist.

Von Venezia, der einstmals gebildeten und reichen Kaufmannstochter, der ursprünglich die Hauptrolle zugedacht war, ist nicht mehr viel übrig geblieben. Ihre prachtvollen Palazzi werden nach und nach an reiche Oligarchen und saudische Scheichs verkauft oder verscherbelt an Hotelketten und Modelabel. Ihre Juwelen und ihr Kunsthandwerk eingetauscht gegen Billigimporte und Massenware. Bestechung und Korruption sind an Stelle ehrbarer Handelsverträge getreten. Statt mit Grandezza die Geschicke ihres Hauses zu leiten, schrappt sie ständig an der Pleitegrenze entlang. Wie soll es weitergehen?

Ich weiß es nicht. Oft schon hat man diese Stadt ins Grab geredet. Tatsache ist, dass weder Maßlosigkeit noch Dummheit, weder Napoleon noch die Habsburger, weder der Einfall der Touristenhorden noch der »Kreuzfahrer«, weder korrupte Politiker noch die Jahrhundertflut diese Stadt in die Knie gezwungen haben. Wie der »Fenice« der Phönix aus der Asche, hat sie sich nach jedem Tiefschlag neu erhoben. Nicht immer optimal herausgeputzt, aber immer einzigartig.

Gleichmut ist trotzdem keine Lösung, denn der Schreckensvisionen für die Zukunft gibt es viele: Venedig als eine Art Vergnügungspark (Venedigland), einschließlich Eintrittsgeldern und Fahrgeschäften(Gondola, Gondola). Venedig als Freilichtmuseum, in dem Kunsthandwerker und Glasbläser eine Art Anschauungsunterricht für die zahlenden Besucher bieten und ausgewählte Bewohner in den Öffnungszeiten die hübsch restaurierten Häuser bewohnen und so tun, als fände ein tatsächliches Leben statt. Im wahren Leben dagegen wurden sie auf das Festland zwangsumgesiedelt. Wie man das am besten bewerkstelligen kann, darf man gerne von NRW und dem dortigen Umgang mit der Enteignung im Zuge der Braunkohlegewinnung lernen.

Vielleicht verhökert man die Stadt auch an Superreiche aus aller Welt, die sich dort ein abgeriegeltes Refugium für allerlei Kurzweil schaffen. Möglich auch, dass der ganz normale Verfall, beschleunigt durch Umweltzerstörung, Gier, Unfähigkeit und Massentourismus die Stadt so lange im Klammergriff hat, bis der »Supergau« eintritt, den jede Küstenstadt fürchten muss:

Die totale Überschwemmung durch den weltweit angestiegenen Meeresspiegel.

Jeder dieser Schreckensvisionen zum Trotz und den verzweifelten Widerständlern zur Ermutigung:

Die letzte Klappe ist noch nicht gefallen!

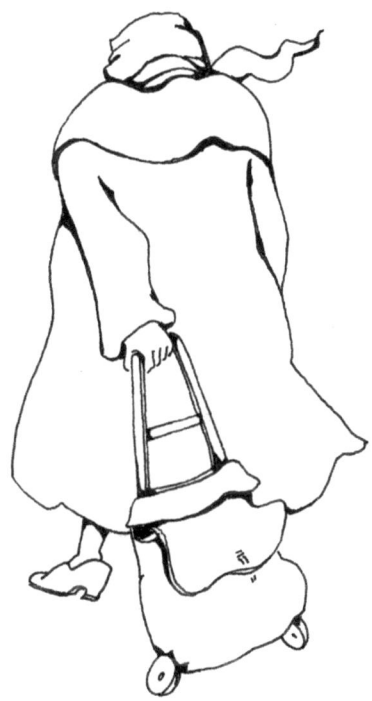

Nachwort

Mein venezianisches Abenteuer ist vorbei.

Letztlich haben Bertl und ich es nicht geschafft, den Verfall aufzuhalten. Die Wände in Castello sind restauriert, so gut es eben möglich war, unsere Beziehung konnten wir darüber nicht retten. So werde ich in Zukunft in dieser Stadt nur noch ein Besucher sein. Zuerst häufig und mit der Zeit immer weniger, wie es eben so ist mit einem Zuhause, das zu eng geworden ist und das man irgendwann verlassen muss, weil andere Herausforderungen warten.

Und weil ein Abschied nach einem Wort verlangt, will ich dies in einem Wunsch äußern:

Fremder, kommst du nach Venedig, gehe sorgsam um mit dieser Stadt, so sorgsam wie mit deinem Smartphone und deinem Geldbeutel!